Pequeñas historias del Globo

Editorial Bambú es un sello
de Editorial Casals, SA

© 2003, Àngel Burgas e Ignasi Blanch
por *Pequeñas historias del Globo*
© 2003, Àngel Burgas e Ignasi Blanch
por *Pequeñas historias subterráneas*
© 2010, Diana Seguí por la traducción

© 2003, Editorial Casals, SA
Tel.: 902 107 007
editorialbambu.com
bambulector.com

Diseño de la colección: Miquel Puig
Ilustraciones hechas con lápiz y café:
Ignasi Blanch

Octava edición: febrero de 2020
Quinta edición en Editorial Bambú
ISBN: 978-84-8343-123-8
Depósito legal: M-34.077-2010
Printed in Spain
Impreso en ANZOS, SL, Fuenlabrada (Madrid)

Pequeñas historias del Globo

Àngel Burgas

Ilustraciones
Ignasi Blanch

bam bú
EDITORIAL

PEQUEÑAS HISTORIAS DEL GLOBO

A los pequeños personajes del Globo:
Anna Escuredo, Marga Baranska y Alfred Blanch.

Los tilos de Berlín

Cuando Anke se asoma a la ventana de su casa, ve un árbol, un tilo. Su madre le explica que aún es joven, y que por eso tiene el tronco tan delgado.

–Fíjate –le dijo hace tiempo–, es el mismo tipo de árbol que hay en la gran avenida, por la que paseamos con papá los domingos.

Anke pasea con sus padres y, de vez en cuando, también con sus abuelos, por una calle grande repleta de tiendas y edificios antiguos. Allí está la ópera, los teatros, y hace tiempo se hallaba el palacio de la llama encendida, que era una especie de habitación sin muebles, con grandes letras en las paredes de mármol, y con una llama encendida día y noche.

–Los tilos de la avenida, que precisamente se llama «Bajo los tilos», porque tiene muchos, ¿a que son grandes, altos y tienen muchas hojas? Los tilos de la avenida son como papá y como yo, bueno, ¡como los abuelos! –ríe su madre–. En cambio el tilo que ves desde la ventana es joven y delicado como tú.

Anke decidió bautizar al tilo que había frente a su casa con su propio nombre. El tilo Anke.

Recuerda que antes de que vinieran los camiones a plantar el tilo, delante de su casa había una pared. Aprendió a andar cogida de la mano de su madre mientras con la otra tocaba aquella pared. Por allí no pasaban coches, y se podía jugar. Ella era muy pequeña, pero se acuerda bastante bien; de la pared larga que no se acababa nunca y de los otros vecinos que jugaban allí.

Pocos meses antes de que plantaran el tilo, Anke conoció a sus abuelos. No los había visto nunca, ni a la abuela Ute ni al abuelo Wolfgang, solo en fotografías. Su madre nunca le había hablado de ellos.

–¿Dónde están?

–Viven muy lejos.

Un día Anke vio cómo su madre miraba con ojos tristes a su padre cuando hablaban de los abuelos y pensó que tal vez por eso siempre le decía que vivían lejos, porque cuando murió el abuelo de Gabi, una amiga del colegio, creyó que quizá los suyos también debían de estar muertos.

–Mamá, ¿los abuelos están muertos? –preguntó un día.

–No, cariño. Están vivos, pero viven lejos y no pueden venir.

Anke se dio cuenta de que, como siempre, su madre miraba a su padre con ojos tristes.

–¿Pero dónde viven? ¿Cómo se llama el sitio en el que viven?

Su madre la acarició.

–Charlottenburg. Así se llama el sitio donde viven.

Ute y Wolfgang le enviaban regalos a Anke por su cumpleaños, y también por Navidad. Cosas preciosas de Charlottenburg: caramelos envueltos con papeles de colores, camisetas con dibujos, muñecas que parecían mujeres de las de verdad. Las amigas de Anke estaban encantadas con las muñecas de Charlottenburg y querían tener muñecas similares, pero no había ninguna tienda de Berlín que las vendiera. Tampoco había caramelos como los de Charlottenburg en Berlín, y Anke tenía que invitar a sus amigas para que los probaran.

Un día, en el colegio, la maestra Frau Borgerding les enseñó un mapa del país, Alemania. Todos los compañeros de clase se sorprendieron de lo grande que era.

–Pero, ¡aún es mayor! Aquí solo se ve el trozo de país en el que vivimos nosotros.

Debajo del mapa, a la derecha, estaba el nombre del país: DDR. «La República Democrática Alemana», dijo la profesora.

Anke alzó la mano desde el fondo de la clase cuando la señorita estaba a punto de enrollar el mapa que había descolgado de la pared.

–Frau Borgerding, ¿dónde está Charlottenburg?

La profesora la miró, extrañada.

–¿Charlottenburg? ¿Quién vive en Charlottenburg?

–Allí viven mis abuelos –dijo Anke, satisfecha–. Está muy lejos de aquí, ¿verdad?

Anke pensó que, aunque la maestra sonriera, sus ojos también parecían tristes.

–No, guapa, no está tan lejos. ¡Charlottenburg está aquí mismo en Berlín!

–Pero, ¡si Berlín es nuestra ciudad! –exclamó Anke.

Aquella noche los padres le aclararon algunas dudas.

–La maestra tiene razón, Anke. Charlottenburg está muy cerca, a la vuelta de la esquina.

Le explicaron que la ciudad, Berlín, se había dividido muchos años antes de que ella naciera. Antes era una ciudad única, grande, llena de gente. Eso Anke no lo entendió del todo, la dividieron por la mitad: unos habitantes se quedaron en un lado, y los demás en el otro.

–Y, ¿por qué?

Sus padres no supieron cómo explicárselo.

–Cuesta entenderlo. Ni nosotros ni los abuelos, que ya entonces vivían en Charlottenburg, un barrio parecido al nuestro, hicimos nada malo, ni recibimos ninguna explicación. De golpe, un día, vinieron unos soldados y en solo una noche construyeron este muro que hay delante de casa. Y la gente que vivía en este lado no pudo pasar nunca más al otro lado.

–Pero, ¡si está muy cerca! –exclamó Anke.

Tenía razón. Desde la terraza de casa se podían ver las casas y las calles del otro lado del muro. Anke veía coches,

y letreros luminosos, y oía el ruido del tráfico, y veía tejados, y edificios muy altos, quizá no tan altos como la torre blanca de Alexanderplatz, nada menos que la plaza más grande de su ciudad.

–Los abuelos viven allí –le dijo su padre–, pero nosotros no podemos ir, ni ellos pueden venir. Bueno, los abuelos pueden venir de vez en cuando. De hecho vinieron cuando tú naciste, pero no lo pueden hacer muy a menudo.

Anke vio llegar a sus abuelos el día que abrieron una brecha en la pared. Sus padres estaban muy contentos.

–¡Anke! ¡Anke! –gritaba su padre dando saltos y botes de alegría. ¡Ya han derruido el muro!

Sus abuelos trajeron comida, le besaron mucho, y lloraron mientras se abrazaban con sus padres. Después todos juntos fueron a pasear.

–¡Quiero ir a Charlottenburg! –anunció Anke.

Habían derribado aquella pared tan larga, y aquella tarde todo el mundo hacía cola para pasar de una parte de la ciudad a la otra. La gente cantaba y brindaba con champán. Toda la familia cogida de la mano pasó al otro lado de la pared y pisó las calles que hasta entonces solo veían desde la terraza de casa. Fueron a pie hasta Charlottenburg. ¡Menuda caminata! ¡Parecía el día de la Fiesta Mayor!

Ahora Anke tiene quince años, ya es toda una mujer. Cuando se asoma a la ventana y ve el tilo que se llama Anke como ella, se acuerda de lo que pasó aquellos días. No vinieron soldados a derribar la pared larguísima, sino grúas y máquinas excavadoras, y gente muy amable. Donde estaba el muro hicieron un paseo, y plantaron hileras de tilos. Los niños pequeños del vecindario ahora juegan a su alrededor, y ya no necesitan aquella pared para aprender a andar. Lo hacen con las dos manos libres, vigilados solo por sus madres y sus padres, sintiendo el aroma de las flores de las jardineras, y a la sombra de los jóvenes tilos, que poco a poco crecen bajo el cielo de Berlín.

Las casas frescas

Los turistas pagan cinco dinares, que es la moneda de mi país, para subir al camello de papá y dar una vuelta por el pueblo. Ninguno de nosotros pagaría tanto dinero para hacerlo, pero los turistas sí, y papá está contento.

Yo me llamo Bechir, y soy de Matmata. Es un pueblo pequeño de Túnez, que está en una colina. Antes, en el pueblo vivía más gente, pero ahora muchos se han trasladado a Matmata Nouvelle, que es un pueblo nuevo que está cerca de la carretera, al pie de la colina. Los turistas prefieren subir aquí arriba, porque hay más hoteles, y más camellos, y casas bajo tierra. Pero nosotros no tenemos hospital, ni farmacia, ni escuela. En cambio, en Matmata Nouvelle tienen de todo.

Cada mañana papá saca el camello del establo y lo lleva a la plaza que hay delante de los hoteles. Los días que no voy en autobús a la escuela, que está en Matmata Nouvelle,

le acompaño y por el camino nos encontramos con otros vecinos que también llevan sus camellos hasta la plaza. A primera hora ya hay turistas que, con cámaras fotográficas y mochilas, esperan a los camelleros para ir a dar una vuelta de cinco dinares.

Papá es muy simpático y siempre pregunta a la gente cómo se llama antes de subir al camello. A menudo no los entiende, ni los nombres ni qué dicen, pero él hace como que sí y les sonríe. A veces yo ayudo a los niños pequeños, o a los señores y señoras mayores, que no saben cómo subir al lomo del camello, y se tambalean tanto que están a punto de caerse. ¡Y ya ha pasado más de una vez que turista y cámara se van al suelo cuando el camello se pone derecho! Papá me dice que me tengo que aguantar las ganas de reír, y que seguramente nosotros tampoco sabríamos subir a los animales que tiene aquella gente en su casa.

–Pero, ¡si no tienen, hombre! –le digo yo–. ¡Ellos utilizan motos brillantes y coches velocísimos, como los que se ven en las películas!

Esta mañana un grupo de unas veinte personas esperaba en la plaza. Con ellos estaba Medir, el hijo del señor Hassan que, como habla idiomas y se entiende con los turistas, puede trabajar de guía. Dice mi padre que Medir necesita diez camellos: los belgas quieren salir a pasear todos al mismo tiempo, en grupo, dos en cada camello. De momento hay siete, y faltan tres. Papá les dice que si se esperan diez minutos, llegarán el señor Ahmed; su hijo, Mustafá, y el señor Naguib.

–¡En diez minutos ya tendrán diez camellos! –anuncia Medir a los belgas.

Una señora nos quiere hacer una foto a papá y a mí, al lado del camello, y su marido también se añade. El hombre nos pasa un brazo alrededor del cuello y la mujer nos echa la foto.

–Yo me llamo Mohamed –le dice papá en francés–. ¿Y ustedes?

La mujer se llama Alice, y el hombre Hans. Nos dan dos dinares, uno para cada uno.

–*Merci madamme!*

Cuando los turistas están en los camellos y han perdido el miedo a caerse, Medir propone iniciar la marcha. Yo camino junto a papá, que lleva las riendas de nuestro camello, sobre el que traquetean, cogidos del borrén de la silla de montar, el señor Hans y la señora Alice. ¡Qué gozada ver este desfile de camellos tan cargados de gente!

Damos una vuelta por los alrededores de Matmata, subimos un pequeño monte, pasamos cerca de unas casas de piedra encaladas y Medir indica el mejor lugar para fotografiar el paisaje. Nuestro pueblo es seco: hay poca vegetación, solo matorrales y palmeras. A los turistas les gusta el desierto, aunque echen de menos las cosas bonitas y nuevas que tienen en sus casas.

–Ellos viajan para ver precisamente aquello que no conocen –me explica papá cuando yo le pregunto por qué les gusta nuestro pueblo–. Pero también les reconforta pensar la suerte que tienen de disfrutar de tantas cosas, cuando nosotros tenemos tan pocas.

Al llegar al barrio en el que vivimos la mayoría de camelleros, Medir ordena hacer una parada de diez minutos para que cada uno lleve a los turistas a visitar su hogar. A los turistas también les interesa ver cómo vivimos, especialmente los que tenemos una casa bajo las rocas.

Algunos camelleros solo viven en las grutas de Matmata durante el verano, porque se está fresco bajo tierra, y porque así pueden aprovechar las visitas de los turistas, que siempre supone ganar unos dinares extras. Durante el invierno, sin embargo, cuando hace frío y el día se acorta, se van a vivir a un piso de Matmata Nouvelle. Nosotros vivimos todo el año aquí: papá todavía no ha ahorrado bastante dinero como para comprar un piso allí abajo.

Ayudo a la señora Alice y al señor Hans a desmontar, y los sujeto de la mano mientras papá, como puede, en francés, les explica que iremos a visitar nuestra casa, para que conozcan a nuestra familia y vean cómo vivimos. Yo silbo bien fuerte para avisar a mamá de que ya hemos llegado, y para que tenga tiempo de despertar a la abuela y ponerle el turbante en la cabeza.

Mis hermanos, Mohamed y Yaisa, salen a recibirnos a la puerta, les siguen mamá y la abuela, que anda curvada con la ayuda de un bastón de caña tan corto que la nariz le queda a tres palmos del suelo.

–¡Ésta es mi familia! –dice papá.

Los señores belgas nos echan una foto a todos juntos, mientras la abuela coge del brazo a la señora y la invita a bajar la escalera de piedra que lleva a la gruta. El interior es muy fresco, algo que los señores agradecen. La abuela, con un golpe de bastón, les va mostrando las diferentes estancias: la cocina, con fogones de piedra y leña; nuestra habitación, la habitación de mis papás, que tiene la cama con mosquitera, y especialmente su habitación, la gran habitación de la abuela, con una cama muy grande, una mecedora vieja, y el *tetrabrik* estrujado de zumo de fruta que ella utiliza para abanicarse.

Es una casa sencilla, no es de las más bonitas del pueblo. Todas las paredes son de piedra, ya que la casa ha sido excavada en la roca. Mamá adivina, por las expresiones del matrimonio belga, que no les gusta mucho, que la ven pobre y con falta de comodidades.

El señor Hans no para de fotografiar a la abuela, que lleva la cara y las manos teñidas de *henna*, con dibujos. También fotografía el lagarto blanco que mi hermano lleva sobre el hombro.

Yo soy el primero que pide dinero a los belgas, y acto seguido lo hace mi hermano, y la abuela, y mi hermana, y finalmente mamá. El señor Hans y la señora Alice buscan monedas en los bolsillos y en el bolso, e intentan repartir los dinares entre todos. Cuando la abuela ya ha conseguido su parte del botín, deja de interesarse por los extranjeros y vuelve a su habitación a abanicarse.

–¡Tenemos que irnos! –dice papá.

El señor Hans y la señora Alice vuelven a subir el camello con mi ayuda. También lo hace el resto de turistas, que va llegando de las diferentes casas del vecindario.

–¿Han sido generosos, Bechir? –me pregunta el señor Hassan, que ayuda a subir a sus huéspedes al camello.

–¡Bastante! ¡No nos podemos quejar! –le respondo.

La señora Alice me acaricia la cabeza desde el camello y me pregunta si entiendo francés.

–Un poco, señora Alice –le digo.

–Nos ha gustado mucho conocer a tu familia. Y ver la casa donde vivís. Si algún día vienes a Bruselas, estaremos encantados de enseñarte la nuestra.

En Matmata hace mucho calor, sobre todo en verano. Me han dicho que en Europa y en América, como en algunos hoteles de aquí, hay aparatos de aire acondicionado en las casas. Ya sé que es muy difícil que yo pueda viajar a Bruselas para visitar la casa de la señora Alice, pero papá siempre dice que las cosas cambiarán algún día, y que sus hijos harán aquello que él no ha podido hacer nunca.

–¿Tienen aire acondicionado en su casa, señora Alice? –le pregunto.

–¡Claro! No te preocupes por eso. Cuando nos vengas a ver, no pasarás calor.

Los camellos han formado fila india, y atravesamos el pueblo de vuelta al hotel.

Lluvias tropicales

El viejo Efraín dejó la cesta cargada de cocos cerca del mar, se arremangó los pantalones y hundió los pies en el agua. ¡Qué bien se estaba! Se giró y miró cómo el niño que lo había acompañado durante toda la jornada también dejaba la cesta al lado de la suya y entraba en el mar. Se quedaron unos minutos en silencio, con los pies en remojo, mirando la línea del horizonte.

Eran las siete de la tarde y quedaban pocos bañistas en la playa.

–Y tú, ¿de dónde vienes, Chacho? –le preguntó Efraín al niño.

–Nací en Medellín, señor.

–¡Madre mía! –exclamó el hombre –. ¡Eso está bastante lejos!

–Tiene razón. ¡Hay un buen trozo de allí hasta aquí! –dijo el niño.

El viejo Efraín se había encontrado a Chacho aquella misma mañana. El pequeño dormía detrás de la barcaza carcomida que había abandonada delante de la puerta de su cabaña. Debía de tener unos diez años, e iba muy sucio.

—¡Eh, tú, chaval! ¿Qué haces delante de mi casa? ¿Es que no has encontrado ningún otro rincón para tumbarte? ¡Esta playa es muy grande!

Chacho se despertó, cogió su bolsa y salió corriendo.

—¡Chaval! —le llamó el viejo Efraín, un poco disgustado por haber asustado al crío—. ¡Eh, chaval, vuelve! ¡No pretendía asustarte!

Chacho se detuvo. Estaba a unos tres metros del hombre y amarraba bien la bolsa con sus contadas pertenencias.

—¡Venga va, vuelve! No habrás desayunado, ¿verdad?

Chacho negó con la cabeza.

—No tengas miedo, hombre. Acércate. Te invito a mi casa a comer una banana frita.

La casa del viejo Efraín era un espacio paupérrimo donde no había ningún mueble, solo un colchón estropeado en medio de cuatro paredes de caña recubiertas de cartón y plástico. Chacho se sentó en el suelo mientras observaba cómo el viejo freía las rodajas de banana en la sartén.

—¡Madre mía! ¡Qué hambre que tienes, chico! —exclamó el hombre, viéndolo engullir sin pausa.

Había amanecido. El viejo Efraín se levantaba con el sol y caminaba diez kilómetros para llegar a casa de su amigo Nelson, con quien negociaba el precio de una remesa de cocos. Él ya era demasiado mayor para subirse a los cocoteros, y además, los que crecían cerca de la playa eran propiedad de los dueños de los hoteles turísticos, y los empleados de los establecimientos tenían la exclusiva para coger los frutos. Efraín llevaba una cesta que llenaba con los cocos que Nelson le vendía a buen precio, y después caminaba, en sentido contrario, los diez kilómetros para volver a la playa y vender los cocos a los turistas que se alojaban en Barranquilla.

Aquella mañana caminó con el niño. Le prestó una vieja cesta de mimbre, y le propuso una especie de trato.

–Nos repartiremos el cargamento de cocos. Dejaré que vengas conmigo a la playa para venderlos como hago yo. Si te va bien, te daré una parte de las ganancias. ¿Qué te parece?

Chacho aceptó enseguida. Fueron a casa de Nelson, compraron los cocos, y se pasaron el día en la playa, paseando arriba y abajo, procurando anunciar, gritando bien fuerte, que vendían cocos. Había zonas de difícil acceso, ya que los vigilantes de los hoteles no dejaban que nadie se acercara a la clientela, y menos dos muertos de hambre como parecían el viejo Efraín y el pequeño Chacho, los dos sucios, delgaduchos y mal vestidos.

–Largaos de aquí, ¡miserables! –les regañó un guardia de seguridad; era un hombre del mismo pueblo, con el mismo color de piel, e incluso con su misma complexión–. Mis turistas no quieren que les moleste nadie. ¿Lo habéis oído? ¡Pues hala, largo de aquí!

A las siete de la tarde, cuando ya solo les quedaban tres o cuatro cocos por vender, el viejo propuso al niño hacer una pausa y remojarse los pies en el agua del mar.

–¿Y tu familia dónde está, Chacho?

–Uf, pues no sé... ¡Sálvese quién pueda!, ¿sabe qué quiero decir?

Chacho era un niño alegre y con buen humor, siempre parecía estar contento.

–¡Claro que lo sé! –rió el hombre–. ¡Pero eres muy pequeño para andar solo por el mundo!

–¡Me he tenido que espabilar, señor Efraín!

–¡Ya veo, ya! ¡Diablo de crío!

Sentados en la arena, abrieron uno de los cocos que les quedaban y saborearon el zumo.

Cuando oscureció, el viejo Efraín llevó al niño al establecimiento de un conocido y compraron arroz y un par de pescados. El hombre aprovechó los pesos que habían ganado aquel día para beberse un vaso de aguardiente e invitó al niño a una limonada.

Cenaron junto a la cabaña, iluminados por una vela. Las noches del trópico son silenciosas e inmensas bajo el cielo cargado de estrellas.

–Mi padre era un campesino pobre, pero muy honrado, que cultivaba una parcela. Un día llegaron los soldados y echaron a todo el mundo –explicó Chacho–. Vinieron con bayonetas e hirieron a la gente. Papá nos dijo que no podía mantenernos, que ya era hora que nos espabiláramos. Mi hermana y yo fuimos a Santa Marta. Ella encontró trabajo en una plantación, pero a mí no me quisieron. Una noche me escapé. He estado en Cartagena, y después iré a Guajira. Mamá, antes de despedirse de nosotros, nos dijo que algún día nos encontraríamos en Guajira. Quizá ya haya llegado. ¿Usted qué cree, señor Efraín?

El viejo se había tendido en la arena y miraba la luna.

–Puede que así sea.

Chacho había tenido que hacer muchas cosas para ganarse unos pesos y sobrevivir. Era muy pequeño y muy viejo al mismo tiempo.

–¿Cuántos años tienes, chaval?

–No lo sé. Cuando era pequeño no sabía contar, y ahora que he aprendido ya no estoy a tiempo de saberlo. ¿Usted cuántos me echa, señor Efraín?

Aquella noche Chacho durmió en la cabaña del viejo. Cuando hacía calor no le importaba dormir al aire libre, pero más tarde llegaría la época de lluvias, igual que había llegado el año anterior. Pero por ahora no se quería preocupar, y se durmió en un santiamén.

El viejo y el niño formaban un tándem eficiente. Durante el día vendían cocos a los turistas, por la noche cenaban frijoles y compartían techo. El viejo Efraín se preguntaba cómo se lo montarían cuando llegaran las lluvias, pero para entonces ya pensaría alguna cosa.

El señor Efraín no se sorprendió cuando una mañana se despertó y se vio solo en la cabaña. Chacho no había dejado ninguna nota de despedida: no sabía escribir, pero tampoco dejó papel alguno en la chabola. «Debe de haberse ido a Guajira, a ver si encuentra a sus padres». El viejo no tenía hijos, no tenía compañía. Le había ido bien la amistad con el niño, pero ya sabía que un día u otro lo abandonaría. El destino de la gente de Colombia no se puede predecir: un día es así, y el día siguiente todo cambia. Todo el mundo busca, todo el mundo huye, todo el mundo se tiene que espabilar.

Se aproximaban lluvias al trópico, y Barranquilla se había vaciado de turistas.

La madrina de Girona

La doctora Devika le dice a Jayamma que ya está bien. Le ha dado una cucharada de jarabe.

–Ponte la falda y las chancletas –le indica la doctora.

La madre de Jayamma espera fuera del consultorio. La doctora le dice que evite poner tanto picante en el arroz, que la niña suda mucho cuando bebe, y eso hace que la mezcla de picante y agua le perjudique el estómago.

La madre de Jayamma se ata el sari antes de salir a la calle.

–¡Menos mal que ya estás bien! ¡Tenía miedo de que te perdieras una sorpresa! –exclama la madre mientras caminan juntas hacia casa.

–¿Qué sorpresa? ¿Una sorpresa para mí?

La madre afirma con un gesto de cabeza, y cuando se ríe se tapa la boca con la mano.

–Ve deprisa a la escuela. ¡La maestra te lo explicará! ¡Venga va, no pierdas el tiempo!

Y Jayamma corre tanto que pierde las chancletas y tiene que recular para recogerlas. La calle principal del pueblo está llena hasta los topes, no cabe ni un alfiler, y la niña tiene que abrirse paso entre la gente a empujones, sorteando las bicicletas y los *rickshaws*, una especie de carros a remolque de bicicletas, que sirve para transportar gente.

–¡Señorita, señorita! –grita cuando entra en el edificio.

–Hola Jayamma –saluda la maestra al verla. ¡Ya veo que estás mejor!

–Mi madre me ha dicho que tenéis una sorpresa para mí. ¿Es verdad, señorita? ¿Es un regalo? ¿Otra carta de Girona?

Jayamma está atolondrada. Coge del brazo a la maestra y se lo zarandea arriba y abajo, dando vueltas.

–Chica... ¡Cálmate un poco! ¡Menudo torbellino estás hecha!

Jayamma no ha pronunciado correctamente la palabra «Girona», el nombre de un pueblo que está muy distante de Anantapur, en el que se habla una lengua que no es tamil. De hecho, nadie sabe cómo se pronuncia el nombre de aquel pueblo, que tiene muchas casas y un río que lo atraviesa. Jayamma ha visto Girona en las fotografías que le ha enviado su madrina, Imma. ¡Este nombre sí es fácil de decir!

El año anterior, la maestra llegó a la clase de Jayamma y comunicó que todos los niños y las niñas tendrían un padrino. «¿Un qué?» preguntaron todos al unísono. La maestra les explicó que había gente buena que quería ayudarles, que ofrecían unas piastras, que es la moneda de la

India, para que los niños del pueblo pudieran continuar estudiando en la escuela. Porque resulta que el pueblo en el que vive Jayamma es muy pobre, casi nadie tiene dinero, y los niños tienen que ayudar a sus padres en el trabajo para poder comer. Jayamma empezó a ir a la escuela cuando ya era mayor, y su padre a veces le decía que sería mejor que no fuera, que sería mejor que se quedara en casa y que ayudara a su madre. «¡Yo quiero ir a la escuela, papá! ¡Me gusta mucho dibujar y ahora empezamos a leer!».

Los padrinos vivían lejos, en pueblos con nombres muy raros. Kalpana tenía un padrino de Hamburgo, mira, ¡qué nombre! Y Marenna tenía una madrina en Torino. Los padrinos enviaban cartas a sus ahijados, postales con dibujos, y fotografías del pueblo donde vivían, y para sus cumpleaños les regalaban muñecas y cajas de lápices de colores.

–¿De dónde es mi padrino, señorita? –había preguntado Jayamma a la maestra.

–Tu madrina es una mujer que vive en Girona. ¿Qué te parece?

«¡Dios mío, qué nombre más raro!», pensó la niña.

Hoy, cuando llega del médico y está tan nerviosa haciendo girar a la señorita en medio de la clase vacía, la sorpresa no es una carta, ni tampoco un obsequio de la madrina.

–¿Pues qué es? –pregunta, intrigada.

–Tu madrina, la señora Imma, vendrá a verte.

–¡¿En serio?! –exclama Jayamma con la boca abierta. No se lo puede creer.

Pero es verdad. La madrina, junto con los padrinos de otros niños del pueblo, llegará a Rangachadu en un autocar y estará unos días en la casa que la Fundación de Padrinos tiene en el pueblo.

–¿Y querrá verme?

–¡Claro! Viene precisamente para eso, para conocerte.

¡Aquellas semanas fueron eternas! La maestra, además de enseñar matemáticas, les enseñó también una canción en tamil y otra en inglés, para que los niños se las pudieran cantar a sus padrinos. También se dedicaron a adornar la clase, barrieron el suelo y llenaron tarros de cristal con flores. Jayamma y Kalpana, que tenían mucha maña dibujando, hicieron un retrato de Gandhi y lo pintaron.

–¡Lo colgaremos en la pared! –dijo la maestra.

El día que llegaron fue muy emocionante. Todos fueron a recibirles a la estación del pueblo. Incluso los padres y las madres dejaron el trabajo para asistir a la llegada de los padrinos. Jayamma, cuando los vio bajar del autocar, se preguntó cuál de aquellas mujeres de piel tan blanca sería Imma. Quizá aquella rellenita que llevaba un sombrero de paja y gafas oscuras, o quizá aquella otra delgada, de pelo negro, que llevaba una cámara fotográfica en las manos.

Los maestros dieron la mano a los recién llegados, y los agruparon en la entrada de la escuela, haciendo una fila delante de los niños, que, con la mirada expectante, querían saber qué rostro tenía su padrino.

–Aquella es Dolores, de Madrid –dijo uno de los maestros, señalando a una señora, precisamente la rellenita del sombrero de paja–, y quiere conocer a su ahijado, que es Sekar.

Jayamma estaba nerviosa. Miraba a todas las mujeres del grupo y todavía no sabía cuál era la suya.

–Ella es Imma, de Girona –dijo finalmente el maestro que hacía de presentador–, y está aquí para saludar a Jayamma.

Jayamma miró a sus padres, que estiraban el cuello desde el final del grupo de padres, antes de acercarse a saludar a Imma. Su madrina era una de las que ella quería que fuera su madrina, porque tenía el pelo largo, y rubio como el trigo.

–*Good morning, you are welcome!* –le dijo la niña en inglés, tal como les había enseñado la maestra.

Su madrina le dio dos besos, la alzó del suelo y la estrechó bien fuerte entre sus brazos. Jayamma también la abrazó, olió su pelo rubio, un olor muy agradable, como de fruta, y le tocó la blusa que llevaba, suave y esponjosa. Abrazada a su madrina miró a sus padres, que reían contentos y les saludaban con la mano.

–Te he traído muchas cosas –le dijo Imma en inglés– y tengo ganas de que me expliques lo que haces todos los días.

–*I will* –respondió la niña, ya que veía un montón de paquetes de colores que los hombres de la Fundación descargaban del autocar de los padrinos.

La vida diplomática

Los amigos de Marga le han organizado una fiesta para despedirla. Querían que fuera una fiesta sorpresa, pero Marga ha oído rumores los últimos días en el aula y se ha olido lo que estaban preparando a escondidas. Por eso ahora está en casa, encerrada en su habitación, y llorando en vez de ponerse guapa, porque en un rato la vendrán a buscar Anna y Meritxell.

–Vendremos a buscarte a las siete y media –le dijeron ayer, al salir de clase–. Iremos a dar una vuelta con los amigos. ¡Pasado mañana te vas, y todos queremos decirte adiós!

A Marga le hace ilusión que sus amigos le hayan preparado la fiesta, y se dejó engañar haciéndose la despistada. Pero no puede evitar llorar en la habitación, mientras mira el álbum de fotos que ha hecho durante su estancia en la ciudad.

La primera foto, la que inicia el álbum, está tomada en el aeropuerto de El Prat, y la hizo un compañero de trabajo de su padre el día que llegaron. El padre y la madre llevan las maletas en la mano, y ella, Marga, con cara de sueño y cargada con una bolsa de deporte, está entre los dos. Habían llegado de Varsovia, la capital de Polonia, su país. El padre de Marga trabaja en el consulado de Polonia, en Barcelona: pertenece al cuerpo diplomático de su país, que quiere decir que es una especie de representante de Polonia en Barcelona. Si alguien quiere ir a Polonia, o si algún polaco que vive en Barcelona tiene algún problema, puede ir al consulado a pedir ayuda.

Ser hija de un diplomático tiene muchas ventajas: conoces muchas ciudades, aprendes muchos idiomas y haces amigos en todas partes. La primera vez que se marcharon de Varsovia, Marga era muy pequeña, solo tenía tres años, y casi no lo recuerda. Pero fue consciente de algunos cambios importantes: un buen día dejó de ir a la guardería, dejó de visitar a sus abuelos, y voló en un avión. Llegó a un país nuevo, donde casi nadie hablaba la lengua que hasta entonces había escuchado, y fue a una escuela donde los niños y las maestras hablaban la nueva lengua, y ella no entendía nada. Comían cosas diferentes, vivían en una casa diferente, los fines de semana hacían excursiones y descubrían nuevos paisajes.

–¿Y los abuelos? –le preguntó un día a su madre–. ¿Ya no iremos a verlos más?

Su madre le dijo que no se preocupara, que muy pronto, quizá en verano, irían a visitarlos.

La nueva escuela la acogió con los brazos abiertos. Los primeros días no entendía a nadie, pero poco a poco se acostumbró a utilizar las palabras que los otros niños y niñas utilizaban, y descubrió que se podía entender con ellos, y podía hablar con las maestras, y podía leer lo que había escrito en la pizarra.

–¿Qué me cuentas de Sarajevo? –le preguntó un día la maestra–. ¿Te parece más bonito o más feo que Varsovia?

–Es diferente –respondió ella.

La casa de Sarajevo era más grande que la de Varsovia, y la calle más ancha, y en la escuela había más niños y niñas. No tenía sus juguetes, pero pronto le regalaron otros nuevos; no veía a sus abuelos, pero pronto conoció a amigos de sus padres, que eran muy simpáticos y tenían hijos de su edad. En la escuela se hizo amiga de Anja, y fue a pasar unos días a su casa, cerca de un río. El padre tenía un coche nuevo, que corría más que el viejo de Varsovia. La madre era muy guapa, y algunas noches iba a fiestas, vestida como una princesa.

–¡Sarajevo me gusta más que Varsovia! –le confesó a la maestra dos años después, cuando ya casi se había olvidado de cómo era su ciudad natal.

La nueva lengua era el serbocroata, y la hablaba como si nada. En casa continuaba hablando en polaco, pero a menudo olvidaba las palabras y sus padres se esforzaban para que las recordara.

Un buen día, antes de Navidad, cuando Marga cumplió siete años, sus padres le anunciaron que después de las fiestas volverían a Varsovia.

–¿Qué queréis decir?

–Pues que haremos las maletas y cogeremos un avión. Volveremos a casa, cariño.

–Pero, ¿por qué? ¿Y Anja? ¿Y Maik?

Sus padres le contaron que en la ciudad había problemas, y que su padre tenía que ir a trabajar a Varsovia. No volvió más a la escuela, ni pudo despedirse de sus amigos. De pronto ya estaba en el avión y volaba hacia Varsovia, hacia casa. Al llegar supo que en Sarajevo había una guerra, y que la gente tenía miedo.

Sus abuelos les esperaban en el aeropuerto y les habían preparado una buena cena en su antigua casa. Marga casi no la recordaba, y le pareció más pequeña y más vieja que la de Sarajevo.

–Pintaremos las paredes y tiraremos unos tabiques. Ya verás como quedará tan bonita como la otra –le prometió su madre.

En enero fue a una escuela nueva, la escuela de su barrio, en Varsovia. Poco a poco recuperó su lengua, recordó las canciones que cantaba cuando era pequeña, y entabló nuevas amistades. La ciudad había cambiado durante los años que había estado fuera: había más parques, nuevos centros comerciales y más cines. Se convirtió en amiga inseparable de Marianna, que iba a su clase. Por eso, unos meses después, cuando el padre anunció que lo habían destinado a la embajada de Budapest, en Hungría, Marga se sorprendió mucho.

–¿Dónde dices? ¿Budapest? ¿Dónde narices está eso? ¿Por qué no volvemos a Sarajevo? ¿Y Marianna? ¿Y la casa nueva?

Sus padres hablaron seriamente con ella: no había nada que hacer. ¡El trabajo de su padre era así!

–¡Pero me dijisteis que ser diplomático tiene muchas ventajas! ¡Y yo sólo veo inconvenientes!

Se despidió con tristeza de Marianna y de su hermano, Jacek. Al cabo de dos días volaban en dirección a Budapest. Lo que más le sorprendió de la nueva ciudad era la belleza de sus casas, y que hubiera un río tan ancho que la dividía en dos. Muchas iglesias, unos baños preciosos con piscinas de aguas termales, unas plazas majestuosas. La lengua no la conocía, y no entendió nada el primer día que empezó la escuela. El profesor la presentó a los alumnos, y le dijo que allí hablaban el húngaro, que era una lengua con mucha historia, y que no le costaría nada aprenderla. «¡Qué remedio!», pensó Marga.

Vivían en una casa muy bonita, y los vecinos de al lado eran también polacos y tenían un hijo de su edad. Se hicieron muy amigos, y él, Krzysztof, le presentó a un montón de gente.

En la escuela, Marga destacaba en matemáticas y en dibujo. A menudo hacía dibujos de Sarajevo, y retratos de Anja y Marianna. De vez en cuando, en medio de una frase en un húngaro casi perfecto, se le escapaba una palabra en polaco o en serbocroata. Empezó a presumir de haber vivido en países diferentes cuando se dio cuenta de que la mayoría de sus compañeros no habían salido nunca de Budapest. Estaba orgullosa de su padre y del trabajo de su padre, y finalmente pensó que la madre tenía razón cuando alababa las ventajas de la diplomacia.

Se enamoró de Krzysztof. Tenía doce años, como ella, y se hicieron inseparables. A él le dio el primer beso, una tarde en que, con la escuela, visitaron el museo que hay delante de la plaza de los Héroes.

–Quiero quedarme a vivir en Budapest, mamá. La ciudad es preciosa, y me gusta pasear por los puentes del Danubio, y me gustan las calles...

–¡Y me parece que te gusta Krzysztof! –le insinuó su madre.

Marga se puso roja como un tomate, y las dos rieron.

Pero una tarde, sus padres la llevaron a la antigua ciudadela, desde donde se ve una vista maravillosa de la ciudad, y le anunciaron aquello que ella deseaba que no pasara nunca.

–Tenemos que irnos, Marga. Tengo que ir a trabajar a otra ciudad. No puedo hacer nada, es mi trabajo –le dijo su padre.

Marga, hundida, se puso a llorar. No podía ser, no podía ser, se repetía. Tenía trece años y estaba cansada de girar como una peonza. Y estaba Krzysztof, y sus amigos, y las salidas. Su madre la abrazó y le dijo que no se preocupara, que en la nueva ciudad también estarían bien, que sería una ciudad muy bonita, con mar y todo. Se llamaba Barcelona. Ella había visto por la televisión los Juegos Olímpicos de 1992. Sabía que estaba lejos, que hacía mucho sol, y que tocaban la guitarra.

–¡No me quiero ir! ¡No quiero ir a ningún sitio!

No se vio con ánimos de despedirse de su gran amigo, pero le escribió una carta cuando llegó a Barcelona.

«Aquí hablan otra lengua. ¡Dos, en vez de una! Y hay mar, es verdad, y no hace frío, y la gente es divertida.

¡Demasiado incluso! En la escuela todo el mundo se tiene confianza, y se abrazan y se tocan más que allí. Mis padres dicen que cuando sea mayor podré escoger dónde quiero vivir, pero hoy por hoy el gobierno de Polonia paga para que yo viva con ellos en el extranjero. Volveré, porque añoro mucho el río y a todos vosotros. Bueno, a ti especialmente». Un par de semanas más tarde recibió un paquete de Budapest: Krzysztof le enviaba un enorme oso de peluche de color blanco.

Sus padres la llevaron a una escuela más pequeña que las anteriores. Le costó hacer amigos, ya que descubrió que la gente era diferente, tal como le había explicado por carta a su amigo. Tenía que estudiar dos lenguas, además del inglés. Los primeros meses lo confundía todo: en las redacciones en castellano ponía sustantivos en polaco, verbos en catalán, adjetivos en serbocroata, conjunciones en húngaro, y adverbios en inglés. La profesora de catalán le decía que no se preocupara, que tenía una gran suerte de poder conocer y dominar tantas lenguas.

Los chicos y las chicas de Barcelona reían más. Eran los que más se reían de todos los que había conocido. Se daban besos en la mejilla, salían casi cada fin de semana, y se explicaban cosas que ella pensaba que no se tenían que explicar a nadie.

En tercero de ESO conoció al grupo de Anna y Meritxell. Ellas la integraron en la clase. Marga dibujaba tan bien como siempre. Se había comprado un bloc de dibujo y lo transformó en una especie de colección de postales: dibujó, de memoria, el parlamento de Budapest, y los edificios geométricos de la calle Marszalkowska de Varsovia, y la Sagrada Familia de Gaudí, y las iglesias de Sarajevo, y el Danubio, y la plaza del castillo de Varsovia, y el puerto de Barcelona... Su madre le dijo que de mayor sería arquitecta. Barcelona también tenía casas bonitas, y museos, y plazas. Se acostumbró a hablar el castellano, aunque entendía y leía perfectamente el catalán, la lengua que hablaba la gente de Barcelona.

Con ojos llorosos contempla la última foto del álbum: está hecha desde una montaña, en el Montseny. Fueron toda la clase, la semana anterior. Fue la última excursión del grupo de segundo de bachillerato. En verano todos se separarán para ir a distintas universidades. Y ella volverá a Varsovia. Su padre se lo comunicó hace tres meses. Marga ya es mayor, tiene diecisiete años, y entiende muchas cosas de la vida. Está dispuesta a volver a la ciudad donde nació, y se matriculará en la facultad de arquitectura, y ya no seguirá a sus padres, que pasado el verano se irán a Ecuador, a América del Sur.

–¿Estás segura de que no querrás venir con nosotros, Marga?

–Sí, papá. Estoy segura. Pronto cumpliré dieciocho años, y viviré con los abuelos. Os iré a ver siempre que pueda, pero quiero quedarme en un sitio y hacer mi vida.

Ellos lo entendieron.

Ayer su madre le regaló un vestido de verano precioso, que se pondrá ahora mismo para ir con Anna y Meritxell a la fiesta sorpresa que todos sus amigos de Barcelona han organizado para despedirla. Sus mejores amigas irán a visitarla el año que viene a Varsovia.

Dentro de unos años, cuando sea arquitecta y pueda diseñar una casa, Marga hará una muy particular: se ha propuesto construir un edificio con las características de todas las ciudades que ha conocido, de todos los lugares en los que ha dejado un pedacito de su corazón de chica viajera, y donde invitará a pasar una temporada a todos los amigos que le han proporcionado las ventajas de la vida diplomática.

Adiós pueblo, adiós río

Buba ve cómo el doctor Johns avanza lentamente por el camino de tierra seca, lleno de grietas, que separa el Campo uno del Campo dos. Estos campos, *Land one and Land two*, que es como lo pronuncian los médicos, los construyeron uno al lado del otro, e hicieron el segundo cuando el primero se llenó del todo después de la llegada de un grupo numeroso de refugiados. Buba tiene siete años y llegó en este último grupo hace seis meses. Lo hizo en brazos de su madre, porque estaba tan cansado que no podía dar ni un paso. Habían andado sin cesar durante cuatro días seguidos, noche y día, sin descansar y sin comer prácticamente nada. De vez en cuando, el hombre que guiaba al grupo señalaba con el brazo estirado una plantación de fruteros, o un campo abandonado donde crecían judías bordes. Todo el grupo se lanzaba a toda prisa a recoger frutas o judías, y el hombre mayor los detenía e imponía su autoridad. Decía que tenía que haber un orden, que los pocos medios se tenían que repartir de manera justa, y que las frutas más jugosas tenían que ser para los niños y los abuelos. La abuela de Buba también iba en la caravana. La llevaban a coscoletas sus dos hijos, el padre de Buba y el tío Hudai.

Buba y el resto de caminantes habían abandonado el pueblo deprisa y corriendo. Dejaron la casa y la escuela, y el río donde se bañaban. Los jefes de la comunidad les alertaron: los hombres malos avanzaban feroces hacia el pueblo, y no tenían tiempo de preparar nada. Tenían que empezar a andar y huir.

¡Adiós casa, adiós escuela, adiós río! Ataron dos cabras para llevárselas y abandonaron las otras cinco, propiedad de la familia. Envolvieron a la abuela, que ya no caminaba, y la cargaron a hombros. Todo el grupo se reunió a la entrada del pueblo. El día antes había llegado un mando de soldados con uniforme y les había informado del lugar en el que se encontraba el campo de refugiados, a cuatro días de camino: el famoso *Land one*, que estaba demasiado lleno cuando llegaron, y por eso montaron el *Land two*.

Buba tenía diarrea cuando llegó, y los médicos de piel blanca le auscultaron con un aparato metálico. Le dieron leche en polvo y arroz. Buba y la abuela estuvieron tres días estirados, bajo una carpa de ropa que habían instalado los médicos. El doctor Johns los visitaba cada mañana. Primero no se entendían, porque el doctor hablaba una lengua extraña y sólo sabía decir dos o tres palabras en la lengua de Buba. Pero el niño es más listo que el hambre, y enseguida aprendió algunas palabras del médico, como *good*, o *meal*, o *thank you*.

El *Land two* está lleno de niños, y se pasan el día jugando a esconderse entre las tiendas de campaña y las cabañas provisionales que los adultos han construido para alojar a sus familias. Cada cinco días llega un camión con alimentos y medicinas. El doctor Johns explica que los niños de otros países les envían todo aquello que no necesitan, para que los habitantes del *Land two* puedan sobrevivir. Explica que aquellos niños no sufren ninguna guerra, y por lo tanto viven más tranquilos. El doctor Johns no tiene hijos, pero sí sobrinos y sobrinas de la edad de Buba.

Soldados uniformados y con cascos azules conducen los camiones. La mayoría tiene el mismo color de piel que Buba, pero también hay blancos como el doctor Johns. Los jefes del campo, los hombres viejos y sabios, se encargan de distribuir las provisiones, las mantas, y las medicinas, con ayuda de los médicos. A la entrada del campo hay una especie de pozo que construyeron los soldados, y de allí sacan el agua para poder hervir el arroz y los cereales. Una mañana encontraron a un hombre muerto dentro del pozo.

A Buba no le gusta la noche. Todas las familias tienen que abandonar las hogueras donde han cocido los alimentos y en torno a las cuales han estado charlando, porque por la noche las hogueras se tienen que apagar, no puede quedar ninguna luz encendida en el campo. Entonces todo el mundo vuelve a su refugio, que puede ser una tienda, o una toalla extendida sobre dos palos, o un trozo de cartón de las cajas de alimentos enviadas por los niños de otros pueblos. Se habla en voz baja, hasta que todo el mundo se duerme. A Buba le cuesta mucho dormirse, y se enrosca como un gusano al lado de su madre, que le pasa el brazo alrededor del cuello para protegerlo. Pero no se duerme, y oye cómo respira su madre, y oye cómo se quejan todos los abuelos enfermos del campo, oye el aullido continuo de la gente que se queja de dolor, oye los gemidos, los llantos de rabia y de impotencia, y él no puede hacer nada, como tampoco pueden hacer mucho los médicos y los soldados. Buba oye sobre todo los gemidos de su abuela, que ya no está en la tienda de los médicos, sino con ellos, bajo la tela tensada que deja entrever las estrellas y la luna. La abuela se queja constantemente, toda la noche, y Buba no puede dormir. Por fin lo consigue, y cuando se levanta, el sol ya está en el cielo, y la abuela continúa gimiendo, pero el ruido de la vida en el exterior ahoga sus gemidos: los ruidos de la gente despierta, de los camiones que llegan, de los médicos y los soldados azules que recorren el campo.

El sonido de los pasos del doctor Johns que se acerca donde él está jugando. El doctor pisa la tierra seca y llena de grietas y llama a Buba.

Se comunican con gestos, y alguna palabra en la lengua de Buba y alguna otra en la lengua del médico. Siempre se dan la mano, y eso quiere decir que están contentos de verse, que se saludan, que se tienen cariño. El doctor se agacha para hablar con el niño.

–*Mary and Thomas* –dice, y le muestra una tableta de chocolate que llevaba en el bolsillo de la cazadora–. *For you*, Buba.

Le da el chocolate, y Buba lo coge.

–Chocolate– dice el médico–. *Mary and Thomas sent it for Buba.*

Mary y Thomas son los sobrinos del doctor Johns. Buba los conoce, porque ha visto fotografías. Buba dice: *Thank you* y desenvuelve el chocolate. El doctor le acaricia la cabeza y continúa su ronda de visitas por el campamento.

–*Thank you!!!* –grita el niño mientras el doctor se aleja. El doctor Johns se gira y saluda a Buba con la mano.

La noche en las calles de Río

Esta noche hace un frío que pela. Y hace un rato yo iba en mangas de camisa. La gente que va por la calle lleva jerséis de lana, y americanas, y pantalones largos, y zapatos. Yo llevo las chancletas de siempre, las rotas, las que arreglé como pude con cinta adhesiva que ya se está despegando.

He pasado por el mercado y he pedido un currusco de pan al abuelo Jõao.

–Siempre pidiendo, siempre pidiendo... ¡A ver cuándo espabiláis, niños! ¡Tendréis veinte años y todavía os pasaréis el día pidiendo!

El viejo Jõao me ha dado un trozo de pan. «¡Venga, aire, chaval!». Por el camino me he encontrado con el grupo de los Tigres. Son unos veinte. ¡Primero eran tres o cuatro, y ahora ya son veinte! Antes les tenía miedo, ahora ya no. Carlitos se ha unido al grupo. Al grupo de los Tigres, quiero decir. Pasan horas deambulando por los bares de la playa y por las rocas. Carlitos dice que se lo pasan bien, que van a bailar con muchas chicas y que conocen a un montón de gente importante. Dice que tienen un protector, un tal Johny Silver, que lleva pistola y todo. Todo el mundo les tiene miedo a los Tigres, y al grupo de Johny Silver. Las amigas de mi madre no dejan que sus hijas vayan con los Tigres, pero ellas hacen lo que quieren. Algunas van y ya no vuelven nunca más a su casa: dicen que están mejor con el grupo de Silver, y que ganan muchos reales.

Los Tigres no me han dicho nada. He pasado por delante del Hotel Río y he visto que en la televisión echaban un partido de fútbol. He intentado entrar, pero el portero me ha echado con una patada en el culo.

–¡Largo de aquí!

–¿Me puede decir quién juega, señor? Al fútbol, quiero decir.

El portero no ha querido decirme nada. Por suerte, un turista que salía me ha dicho que jugaba nuestra selección nacional.

A mí me gustaría ser futbolista. Paso muchas horas en el descampado que hay bajo la zona A del barrio de las favelas, jugando al fútbol. A veces cogemos pelotas a los turistas de la playa, y cuando no tenemos, nos hacemos una nosotros mismos, con trozos de ropa atados con cordeles. Pasamos muchas horas jugando al fútbol, y yo creo que formaríamos un buen equipo. El hermano de Pedro juega con un equipo de São Paulo, no el equipo principal, sino otro. Pero el caso es que juega al fútbol, y vive en una casa muy chula con el resto de jugadores, y tiene tanto dinero que se ha comprado una moto, y por Navidad viene a visitar a la familia con su moto. «¡Eh, Saúl!», le digo yo cuando lo veo pasar, «¿Qué día vendrás a verme jugar? ¡Seguro que juego mejor que tú!», y él ríe, y me saluda desde la moto, y un día me lanzó un billete.

A veces busco periódicos viejos en las papeleras del paseo, o en el vertedero municipal, y recorto con los dedos las fotografías de los futbolistas brasileños que viven en Europa y en Norteamérica, y que juegan en los equipos de estos países. A veces encuentro la foto de Ronaldhino, y como no sé leer, me dedico a buscar el nombre de un país. Los reconozco de haberlos visto escritos muchas veces: Italia, España, Alemania. Me gustaría ser como ellos, como estos jugadores, quiero decir. Y sueño con que un día el hermano de Pedro me verá jugar y hablará con los entrenadores de su equipo y vendrán a buscarme con un coche enorme. «¿Tú, *menino*, cómo te llamas?», y me preguntarán desde cuándo juego tan bien a fútbol, y yo les diré: «¡Desde siempre!», y ellos reirán y me invitarán a un refresco, y me harán subir al coche. «¡Vamos a firmar un contrato de futbolista!», me propondrán.

Hace mucho frío. He ido a mi casa, pero no había nadie, en la chabola. Bueno, estaba la abuela, pero es como si no estuviera. Siempre duerme, abrazada a una botella de vino. Me he puesto un jersey viejo de papá, uno que no se llevó cuando se marchó, y que está lleno de agujeros, pero da igual. Por lo menos me abrigará un poco. He vuelto a bajar al centro, que está muy lejos de casa: tardo casi una hora en llegar. He buscado a mis amigos. Son casi las doce

de la noche, y en el parque hay muchos niños y niñas sentados en corro, sin hacer nada en especial. Pero ni rastro de mis amigos.

Por el centro hay mucha gente y se oye música. Los grupos de turistas salen de los hoteles y yo me acerco para pedir unos reales, pero nadie me da. Carlitos dice que el personal de los hoteles recomienda a los turistas no dar dinero a nadie, ni siquiera a los niños, aunque les den mucha lástima. Un día me encontré un grupo de gente muy simpática. Eran todos mayores y vestían bien. Me invitaron a ir de excursión con ellos. Había un matrimonio que estaba encantado conmigo. Por la noche me preguntaron si me quería ir a Europa con ellos. Me dijeron que no tenían hijos y que me darían todos los caprichos. Yo les dije que no podía ser, que tenía una madre y una hermana pequeña. Los señores insistieron, pero yo les repetí que no podía ser. Que soy brasileño, y que de mayor seré futbolista del primer equipo nacional, y que jugaré con la selección de mi país. Que cuando sea un futbolista conocido iré a jugar a un equipo de Europa. Tengo amigos que han hecho eso de irse a vivir con otras familias, pero como no los he vuelto a ver más, no sé cómo les ha ido.

Tenía hambre, y he ido a la parroquia. Allí siempre tienen alguna cosa para cenar. Las monjas son buenas mujeres y me tratan bien. Hay un montón de niños que viven con ellas, en un piso que tienen a las afueras de Río. Mi hermana estuvo a punto de ir, pero mamá le dijo que no, que era mejor que trabajara para ayudar a la familia, que ser monja no hace ganar reales. La hermana María siempre me da recuerdos y me regala ropa para ella.

Cuando me he acabado el plato de pasta y la naranja, he vuelto al centro. Ahora las calles están llenas de niños que andan sin saber dónde van. Río está lleno de niños que andan sin saber dónde van. Yo soy uno de ellos, lo sé, pero yo tengo sueños, y muchos *meninos* no tienen. Yo sé que saldré de aquí, que seré futbolista, que conseguiré una moto mejor que la de Saúl, y con ella atravesaré medio mundo para ir a jugar partidos de fútbol a Europa.

–¡Eh, *menino*! ¿Quieres ganarte unos reales? –me llama el portero de un hotel.

–¡Sí, señor, claro que sí!

–Acompaña a estos señores hasta la parada de taxis más próxima. ¡Por teléfono no consigo encontrar ninguno!

–No se preocupe, señor. ¡Déjelo en mis manos!

Son una pareja de jóvenes. Ella es alta y va muy bien vestida. Lleva unos zapatos de tacón altísimo y fuma con elegancia.

–¿Eres de Río, *menino*? –me pregunta.

–Sí, señorita. ¡Nací aquí!

Su acompañante me mira con cara de pena. Sé que doy pena a la gente, porque voy mal vestido, y mal calzado.

–Cuando sea mayor seré futbolista, señor! –le digo mientras atravesamos la avenida. ¡E iré a Europa a jugar el Mundial de fútbol!

El joven me guiña el ojo y su amiga ríe. Hay mucho tráfico a primera hora de la madrugada, y es más difícil de lo que parece encontrar un taxi libre.

–¿Van a bailar, señores?

Los dos afirman con la cabeza.

–¡Se lo pasarían bien si vinieran por carnaval al famoso Carnaval de Río! ¡Todo el mundo es feliz esa semana!

La pareja me sonríe, pero no dice nada. Se miran el uno al otro y callan. Nos cruzamos con muchos niños y niñas que andan sin saber dónde van. Algunos van descalzos, otros han bebido un poco más de la cuenta.

Llegamos a la parada de taxis, pero no hay ninguno.

–¡Tendremos que esperar, señores! –les digo.

–No hace falta que te quedes con nosotros. Tendrías que ir a dormir.

–Es temprano, no me importa esperar un rato. Además, Río es peligrosa por la noche. Prefiero no dejarlos solos.

–Pero, ¡si eres un crío, *menino*! ¿Crees que nos podrás defender?

–¡Claro! Conmigo nada tienen que temer.

El hombre joven insiste: «Es muy tarde. Seguro que te esperan en casa». «No –les digo yo– en casa no me espera nadie. Mi padre se marchó hace tiempo, y mi madre trabaja toda la noche. Ya dormiré mañana.» ¡El taxi tarda tanto, que tengo tiempo de explicarles media vida!

Cuando por fin llega uno libre, el joven busca unos reales en la cartera y me los da. Al fondo, iluminada sobre la montaña, la estatua del Cristo de Corcovado abre los brazos para protegernos a nosotros, los niños que andamos sin saber dónde vamos, por las calles de Río de Janeiro.

La postal árabe

Marcel recibió una postal. Su padre la encontró en el buzón, entre un montón de sobres que contenían facturas y publicidad.

–¡Marcel, alguien te ha escrito una postal! –le anunció al entrar en casa.

Marcel miró primero la imagen de la postal: un faro solitario ante una playa desierta. Un faro que era solo una columna blanca con franjas rojas. No sabía dónde estaba aquel faro, ni recordaba haberlo visto nunca.

Giró la postal. En la parte derecha, arriba, había un sello con el dibujo de una tortuga. Debajo del sello alguien había escrito su nombre y su dirección: Marcel Rodoreda, calle Martínez de la Rosa, 08012 Barcelona, Espagne. De hecho, Espagne no sabía qué quería decir, Martínez estaba escrito «Matinez», sin la «r», y a «Rodoreda», su apellido, le faltaba la segunda «o», ponía «Rodreda».

Lo que había escrito tampoco lo entendía, ni tampoco lo entendieron sus padres.

–Qué raro. ¡Está escrita en árabe! –dijo su madre.

Le explicaron que el árabe era una lengua que hablaba mucha gente, y que tenía unas letras que no pertenecían al abecedario que ellos conocían. Marcel pensó que más que letras parecían dibujos, dibujos pequeños y encadenados.

–¿Y conocemos a alguien que escriba árabe? –preguntó.

–No, a nadie.

La madre le prometió a Marcel que buscaría a alguien que pudiera leer la postal, por lo menos para saber qué había escrito y quién lo había hecho. Una tarde, Marcel y su madre entraron en un comercio de la calle Sant Pau, una carnicería que el niño no conocía.

–Aquí viene la gente que es musulmana, y compra la carne de los animales que ellos mismos matan. Ellos entienden el árabe.

La madre saludó al señor que atendía a los clientes detrás del mostrador y que en aquel momento estaba descuartizando un cabrito para una señora que llevaba un velo negro en la cabeza.

–¿En qué puedo ayudarles? –preguntó, mientras envolvía el cabrito en un papel de carnicería.

–Buenas tardes –lo saludó la madre–. Mire señor, tenemos un problema y me gustaría saber si usted nos lo puede solucionar.

Y explicó la historia de la misteriosa postal de Marcel.

El carnicero, un hombre gordo y risueño, se limpió las manos en el delantal y cogió la postal. La leyó en silencio, y después, sin perder la sonrisa, la devolvió a la madre.

–Está escrita desde Marruecos, desde una ciudad llamada El Jadida. ¡La escribe un niño, hay más de una falta de ortografía! –comentó el hombre.

–¿Y qué pone?

–Pues escribe a alguien que se llama Marcel. Le explica que tiene diez años, que vive junto a la playa y que su padre sale a pescar cada mañana. Y ya está. Se despide deseándole suerte.

–Qué raro –murmuró la madre. No conocemos a nadie que viva allí.

Dieron las gracias al carnicero y salieron del establecimiento más intrigados que antes de entrar.

Al día siguiente en la escuela, durante el recreo, Marcel oyó que Pau, su amigo de toda la vida, explicaba a unos compañeros el viaje que había hecho con sus padres a Marruecos. Hacía tiempo que Pau y Marcel se habían enfadado y desde entonces no se dirigían la palabra. El motivo de su riña había sido una tontería, como siempre es una tontería el motivo de las guerras y las riñas entre los mejores amigos de cualquier rincón de mundo. Pero si Pau era orgulloso y tozudo, Marcel todavía lo era más, y ninguno de los dos parecía estar dispuesto a ceder para recuperar una amistad tan estrecha como la que siempre los había mantenido unidos.

De todos modos, sin atreverse a entrar en la conversación de Pau con los demás compañeros, a Marcel no le fue indiferente la historia de su «ex amigo». ¿Marruecos? ¿No era de allí de donde venía la postal misteriosa?

Marcel se lo explicó a su madre. Y su madre se lo comentó al padre, y el padre de Marcel se lo dijo al padre de Pau, ya que trabajaban juntos en la misma oficina. Y el padre de Pau debió de hablar con su hijo, porque el mensaje recorrió el camino inverso: Pau le contó algo a su padre, que después le transmitió al padre de Marcel, y éste se lo comentó a su mujer, la madre de Marcel, que un par de días más tarde llamó a su hijo:

–Marcel, me parece que deberías de hablar con Pau. ¡Erais tan amigos y ahora ni siquiera os habláis! ¿Por qué no intentáis hacer las paces? ¡Es tan importante tener amigos!

Marcel se acercó a Pau a la salida de la escuela y le propuso ir a casa a merendar. Pau aceptó.

Después de merendar y jugar un rato a la PSP, Marcel le mostró a Pau la postal escrita en árabe.

–¿Tú sabes algo? –le preguntó.

Pau asintió.

–Cuando fuimos a Marruecos –le confesó a Marcel– te eché mucho de menos. Pensé que era una tontería dejar de ser amigos, y que tenía ganas de verte para explicarte el viaje, y todas las cosas que había hecho durante el verano. Conocí a un niño en El Jadida, uno de los pueblos que visitamos, y nos hicimos amigos. Su padre es pescador. Me recordaba tanto a ti, que cada día que pasaba tenía más ganas de volver a verte. Pero no me atreví a escribirte, y le propuse a él que lo hiciera por mí. «Medir», le dije una tarde, «¿por qué no le escribes una postal a un amigo mío? Explícale cómo es el lugar en el que vives, y qué te gusta hacer». Yo llevaba tu dirección. «Escríbela y envíala a esta dirección».

–Entonces, ¿fuiste tú? –le preguntó sorprendido Marcel.

–Bueno, yo no. La escribió un amigo mío –lo corrigió Pau–. Este amigo mío la escribió, porque yo necesitaba compartir mis experiencias con otro amigo mío a quien no osaba decir nada.

La amistad fue el mensajero. Mediante la amistad se pudieron comunicar el uno con el otro. Marcel se emocionó. Los dos amigos, mirándose el uno al otro, se estrecharon en un fuerte abrazo.

Marcel procuró no cometer ninguna falta de ortografía mientras escribía una postal a Medir Khadar, rue de la Ligue Arabe 42, El Jadida. Marruecos. «Gracias, amigo», escribió.

PEQUEÑAS HISTORIAS SUBTERRÁNEAS

A todos aquellos y aquellas que han dejado medio corazón en su casa antes de llegar aquí.

La madre perdida

El niño pordiosero subió al vagón de metro cuando estaban a punto de cerrar las puertas. Debió de esperar al último momento. En un santiamén ya estaba dentro, y andaba cabizbajo hasta el centro de la plataforma. Llevaba pantalones cortos, aunque no hacía calor, al contrario: Marcel, que observaba interesado al niño pordiosero, tenía un frío que se pelaba. Había salido del instituto, había charlado un rato con Lluís e Irene, y después había cogido el metro para ir a la academia de idiomas donde hacía un curso de inglés. Este año se quería sacar el *First Certificate*, y sus padres habían decidido que hiciera un intensivo de cuatro horas semanales, dos el martes y dos el jueves, para consolidar los conocimientos.

Marcel siempre se fijaba en los jóvenes extranjeros de la ciudad. Imaginaba de qué país vendrían y se preguntaba cómo y por qué habrían llegado a Barcelona. Él tenía un amigo marroquí. No se habían visto nunca, pero se escribían cartas y mails desde hacía unos cuantos años. Su amigo Medir le explicaba las dificultades que la gente de su país o la de otros países vecinos tenía a menudo, y que muchos se veían forzados a inmigrar hacia Europa. Quizá por eso, Marcel imaginaba las historias de los recién llegados y sus experiencias en Cataluña, la nueva sociedad que los acogía.

El niño del metro llevaba los pantalones andrajosos y unas deportivas viejas y tan agujereadas que por la puntera asomaban los dedos, y no llevaba calcetines. Una señora que se estaba sentando lo miró despectivamente, por lo menos así lo percibió Marcel. La señora frunció la nariz como si le diera asco aquel crío que había subido al vagón solo. Marcel, que miraba alternativamente al niño y a la señora, quiso comprobar si la actitud de ésta última cambiaba; si de repente la repulsión se transformaba en pena por el pobre crío, que seguro había entrado a pedir. La señora dejó de fijarse en el niño cuando el metro arrancó, y se quedó mirando la nada, negando con la cabeza y sin perder la expresión de asco. «Quizá se trate de su expresión habitual», pensó Marcel. Pero no era así, ya que al cabo de un par de estaciones, cuando el niño pordiosero bajó, entró una chica con un perrito faldero y la señora hosca le hizo mil carantoñas con los ojos y las manos.

Tier recorrió el vagón de punta a punta con la palma de la mano abierta y sólo recibió dos monedas de cincuenta céntimos. No era gran cosa, «pero más vale eso que nada», pensó. Dio las gracias en catalán a las dos mujeres que le habían dado las monedas, y las obsequió con una de sus sonrisas radiantes. Porque Tier quizá iba sucio, pero cuando sonreía, deslumbraba con sus dientes blancos como la leche. A las mujeres les gustaba aquella risa franca y limpia, las sorprendía y se quedaban con los ojos brillantes. Tier, cerca de la puerta y cogido a una barra metálica, esperó a que el tren se detuviera. Cuando estuvo en el andén, y antes de tener tiempo de entrar en el vagón siguiente, una manaza fuerte lo inmovilizó apretándole un hombro.

–¡Eh, tú, chaval!, ¿se puede saber dónde vas?

Quien lo tenía asido era una especie de policía uniformado que lo miraba desafiante tras unas gafas. Su compañero, alto y grande como él, estaba quieto al lado con las manos a la espalda.

–¡Tengo que coger el metro, señor!

–¿Para ir dónde, si se puede saber? ¡A ver, enséñame el billete!

Tier no solía comprar billete. De hecho, no podía comprarlo, porque no tenía dinero. Qué más quisiera él que comprarlo y viajar tranquilo, pero de donde no hay, no se puede sacar, e iba a las estaciones donde solo había servicio de venta automática de billetes. Daba un salto, sobrepasaba la barra de hierro, y ya estaba dentro. Ante los policías simuló buscar el billete en los bolsillos del pantalón mientras ellos lo observaban sin fiarse ni un pelo.

–¿Qué? No lo encuentras, ¿verdad? ¡A ver si se ha escapado por uno de esos agujeros que llevas! –rió uno de ellos.

Tier se hizo el loco. Se puso las manos en las caderas y movió la cabeza, negando.

–Pues no lo encuentro, señor, lo debo de haber perdido –dijo, con calma y mirando al suelo.

–Debe de ser eso, chaval. Lo debes de haber perdido. ¡Es lo que yo creía! –rió el hombre con los brazos en jarras.

–Siempre lo pierdo todo, señor. ¡Tengo poca memoria, y además soy un torbellino!

–¿Y tu madre? –quiso saber uno de los guardias.

–Pues también a ella la he perdido. No, si ya le digo que lo pierdo todo... ¡Un día no sabré dónde tengo la cabeza...!

Los policías rieron.

–¡Se lo puedo explicar! –dijo Tier–. No es una historia muy graciosa, pero les puedo explicar cómo perdí a mi madre.

Entonces uno de los policías dejó de reír y afinó la garganta.

–¿Quieres decir que tu madre está muerta? Cuando dices que la perdiste, ¿quieres decir que se murió?

–Oh, no. Fue perdida-perdida. Siéntense, siéntense aquí en el banco y se lo explico todo, si no tienen nada más que hacer...

Los hombres se miraron el uno al otro y se sentaron, uno a cada lado de Tier, en el andén de la estación de metro.

La familia de Tier había salido de la ciudad en tren. ¡Qué lleno iba aquel convoy! La verdad es que Tier no había viajado nunca en tren. Incluso explicó a los guardias

de seguridad que lo escuchaban que no había salido nunca del pueblo. ¿Qué pueblo? ¡Bah! ¡Un pueblo de Albania pequeño y escondido, en el quinto pino!

–Papá tenía animales. ¿Una granja?, se preguntarán ustedes. Pues no. Tres animales. Fáciles de contar y de no perder. Una cerda, un gallo y una cabra. Con eso no se va a ninguna parte, deben de pensar ustedes. Pues pensándolo bien no llegábamos a ninguna parte. La cerda estaba destinada al sacrificio para sacar buenos jamones. El caso es que la abuela, que era un poco bruja, intuyó que aquel bicho tenía alma. Hizo una especie de conjuro, un ritual de aquéllos extraños que hacía ella, y anunció a los padres que la Cerda, así, con mayúscula, no se podía sacrificar, porque era un espíritu benigno, un espíritu que tenía que traer fortuna y pasta a la familia. ¿Y la trajo?, se preguntarán ustedes. Pues la verdad es que no. Ni fortuna ni jamones, porque cuando se murió de vieja ya no se pudieron aprovechar ni los huesos. La abuela le preparó un entierro impresionante. «Quizá ahora, desde el paraíso, traerá la fortuna anunciada», le explicó a papá, que la miraba con cara de querer matarla, no a la cerda, sino a ella, que era además la suegra... Me tengo que centrar en la historia, que si no, no acabaremos nunca. ¿Por dónde íbamos? Ah, sí, por el ganado. El segundo era el gallo. ¿Y qué hace un gallo sin gallina? Pues nada. Ésa es la verdad. Tampoco fue a la cazuela. Papá, cuando podía, lo llevaba al corral de su vecino y se lo dejaba unos días. Los huevos que ponían las gallinas del vecino durante aquella semana se los repartían. Pero siempre, al cabo de la semana, el vecino decía que aquello no era justo, y papá también lo creía así, de modo que cada uno mantenía su punto de vista, y papá se llevaba al gallo, volvía rejuvenecido y altivo, pero nos quedábamos un mes sin huevos, hasta que los dos hombres meditaban y volvían a darle una oportunidad al intercambio. La cabra. ¡Vaya perla! La cabra la heredamos de un campesino que murió. Y resulta que aquella cabra era extraña, quiero decir que no se comportaba como una cabra normal y corriente, porque resulta que la cabrilla se había criado con dos perritos en casa del campesino, y tenía problemas de personalidad. ¿Qué tipo de problemas?, se preguntarán ustedes. Pues nada, que pensaba que ella era un perro, y no una cabra. Si veía que los perros ladraban a la gente, ella los imitaba, y ladraba como un perro, y la gente se reía, claro. E intentaba levantar las patas de delante como hacían los perros cuando estaban contentos, pero ella no podía, porque pesaba demasiado, ¿me entienden? La pobre cabra loca intentaba ponerse en pie y no había manera. La abuela dijo que era preferible que nos libráramos de aquel animal tan complicado, que a ver si se trataba de algún maleficio que había recibido el propietario anterior, y nos deshicimos de la cabra. ¡Ya ven qué panorama de ganado que tenía papá! Nada, que subimos al tren sin ganado. No era un tren como los de aquí, pero a mí, como nunca había visto uno, me pareció que todos los trenes del mundo debían de ser como aquél. ¿Que cómo era? Pues poca cosa. Viejo y estropeado, con las ventanas sin cristal y los bancos de madera sin almohadillar. El traqueteo era tan pronunciado que si llevabas un barreño lleno de agua con jabón y ropa sucia, podías hacer la colada igual que la hace una lavadora. Una lavadora de aquí, quiero decir, porque tampoco había visto nunca una lavadora hasta que estuve en Italia. ¡Me encuentro una lavadora en medio de la calle el día que puse los pies en el suelo, y la confundo con una nave espacial! Naves espaciales tampoco he visto nunca ninguna, pero un par de veces, en la tele, allí en el pueblo, en casa de una familia que sí tenía, tele, quiero decir, no nave espacial, pues vi películas de ovnis. Da igual. Estábamos en el tren. ¿Cuánta gente debió viajar en aquel tren? Imagínese un banco para seis personas. Pues había quince sentados. Imagínese un pasillo para veinte personas de pie, pues ponga cuarenta. Y así en todo el tren. Y no solo personas, cuente también animales, y capazos, y maletas, y fardos de tamaños descomunales. Las mujeres se habían puesto sus mejores galas, ya que teóricamente se marchaban para no volver y les parecía más seguro llevarlo todo encima que dentro de las bolsas. Todos los collares en el cuello, todos los anillos en los dedos, todos los pendientes en las orejas. ¡Con el traqueteo tan fuerte, parecía que los collares de una tenían que volar por encima de su cabeza y aterrizar en el cuello de la otra! ¡Qué movimiento de piedras preciosas y no tan preciosas!, porque los collares que llevaban eran muy sencillos, de piedras, o de pasta de papel, o de huesos de pollo. Mi madre llevaba uno largo, de barro, y otro de metal, que debía de pesar más que la cartuchera de un *cowboy*. Da igual. Aquel tren iba lleno hasta los topes, y nosotros éramos ocho. Mi padre, mi madre, tres hijos (yo soy el mediano), dos abuelos y una tía.

Íbamos hacia la costa, y allí teníamos que coger un barco para cruzar el mar y llegar a Italia. ¿Ustedes conocen Italia? Yo conozco el puerto de Italia, porque fue donde llegamos con aquel barco. Nunca había visto un barco. Era grande y viejo, pero iba tan cargado de gente que quedaba pequeño. Imaginen el tren que les he explicado antes. Pues ahora imaginen diez trenes más como aquél, y todos los pasajeros de los diez trenes metidos dentro de un barco. Desde el mar, aquello no parecía un barco, sino un pastel cargado de velitas. Cada velita era una persona, y el que celebraba el cumpleaños debía de ser más viejo que la tiña. Logramos encontrar un rinconcito en el suelo, en cubierta, para que se sentara la abuela, pero el resto de la familia hicimos la travesía de pie. ¿Qué cuántas horas duró? ¿Ustedes se imaginan la eternidad? Pues más o menos algo así, pero sobre el mar y de pie. La comida que llevábamos se acabó enseguida, y el agua también. O sea, que una eternidad con el estómago vacío, que todavía se hace más eterna. Allí perdí a mi madre. Le entraron ganas de ir al servicio. ¡Imagínese! ¡A quién se le ocurre pedir por un servicio! Nosotros, los hijos, y también el abuelo y mi padre, hacíamos las necesidades desde cubierta, directamente al mar. ¡Debía de parecer que el pastel perdía agua por todas partes! Agua y lo que no es agua. El caso es que mi madre dijo que no, que ella no lo podía hacer allí, que necesitaba un agujero a cubierto, y por mucho que mi padre intentara hacerla entrar en razón, no hubo manera. «¡Que no pienso hacerlo aquí delante de todo el mundo!», insistía mamá. «¡Que todavía tengo miramientos!» Y quizá miramientos no faltaban, pero ganas de orinar todavía menos, y satisfecha inició la marcha por en medio de aquel gentío en busca de un lavabo. «Qué ingenua», murmuró la abuela desde el suelo. Si mamá fue a buscar un lavabo a las... pongamos a las tres, a las siete nos empezamos a preocupar. O tiene un pipí muy largo, y perdonen la expresión, o se ha perdido. A las ocho iniciamos la búsqueda, el marido y sus hijos. La llamábamos a gritos por su nombre mientras recorríamos con sudor y lágrimas la cubierta de aquel barco tan enorme y sobrecargado. Después de la cubierta intentamos entrar dentro y, si fuera estaba lleno, dentro era imposible meter un alfiler. «Al mar no se ha 'caído' –dijo papá– porque si no alguien se habría dado cuenta», y por eso mismo, después de buscar en todos los «lavabos» del barco (y permítame decir «lavabos» así, entre comillas), pues después de buscar y no encontrar, volvimos al sitio donde teníamos aparcados a los abuelos y a la tía y decidimos esperar a mi madre allí. «De todos modos, la encontraremos cuando lleguemos a Italia», refunfuñó papá, y la abuela, que era medio bruja, me parece que ya se lo he dicho antes, pues puso cara de póquer, como dicen aquí, y repitió: «Qué ingenuo». A mí me parece que la abuela sabía cosas que los otros no sabíamos, al fin y al cabo era su madre, la madre de mi madre, quiero decir, y quizás mamá, la mía, aprovechó la excursión al lavabo para reunirse con alguien, no lo sé, todo son suposiciones mías (y de la abuela), y he aquí que cuando llegamos a Italia, los italianos no nos querían dejar bajar del barco, porque decían que éramos demasiados, que ellos no nos podían mantener a todos juntos. Y allí mismo, en el puerto de Italia, vinieron *carabinieri*, y ministros, y ONG y qué sé yo, todo el mundo intentaba solucionar nuestro problema, que era un problema bastante grande, todo aquel barco cargado de gente. Después de pasar dos días con sed y hambre dejaron bajar a los niños para darnos agua y comida, y mi hermano mayor y yo aprovechamos para escaparnos. Resultó bastante sencillo, porque el disturbio era impresionante. Italiano no sabíamos mucho, solo cuatro o cinco palabras, pero lo conseguimos. *Aqua, pizza, spaguetti, bambolina, arrivederci.* La historia es más larga, claro. Conocimos a una familia albanesa, como nosotros, y con ellos llegamos hasta la frontera española en una furgoneta. El caso es que ahora mi hermano y yo estamos aquí, y de alguna cosa tenemos que vivir, ¿no creen?

Tier se incorporó, encogió los hombros y se rascó la cabeza.

–¡Así es la vida! ¡Qué le vamos a hacer! ¡Ahora, si no les sabe mal, les tengo que dejar!

Y dicho esto, les dio la espalda y caminó hacia la otra punta del andén. Los dos policías se quedaron sentados en el banco como dos pasmarotes, sin decir nada.

Un marido escuálido

Mey vio a dos policías sentados en un banco de la estación a través de las ventanas del vagón. «¡Santísimo Shivá! ¡Polis!», pensó, convencida de que se pondrían en pie y entrarían en el vagón. Por eso mismo estuvo a punto de echar a correr hacia el otro extremo de la plataforma, para salir por otra puerta mientras ellos entraran por aquella que se abría delante de sus narices. Pero no, tuvo suerte, porque los dos policías no se movieron del banco. Las puertas se abrieron, la gente que tenía que bajar, bajó, la gente que tenía que subir, subió, y las puertas se cerraron. Los policías ni se movieron. «¡Parecen de cartón!», se dijo Mey. No tenía papeles de residencia, y por lo tanto vivía de forma ilegal en el país. Era cierto que el proceso de conseguirlos ya estaba en marcha, y que tarde o temprano los tendría, pero de momento tenía que rehuir, siempre que fuera posible, el contacto con las autoridades.

Mey, que tenía veintidós años, se sentó en uno de los asientos abatibles de la parte central de la plataforma, al lado de las puertas, y descubrió, delante de ella, a una pareja de jóvenes besándose. Tanto él como ella no debían de tener más de quince años. Mey se quedó pensativa y no podía apartar la mirada de la pareja. «Si me descubren se enfadarán», pensó. Pero aquel simple beso entre dos niños que todavía no eran mayores le removió el sorprendente bagaje de recuerdos que guardaba, y revivió viejos episodios de su existencia, de cuando aún vivía en la India y no tenía hijos ni tenía que ir por Barcelona escondiéndose de la policía.

La madre de Mey la despertó muy temprano, a las seis de la mañana. Ella tenía tanto sueño que sentía como si se le hubieran pegado los párpados.

–¡Pero hija, Mey! ¡Desde luego, cómo eres! ¡Durmiendo como una marmota el día de tu boda! ¡No cambiarás nunca, hija!

–«¡Santísimo Shivá! –pensó la niña –. ¡Ni me acordaba!» Mey tenía solo doce años, ayer aún iba a la escuela del pueblo. Nunca había visto al niño que hoy se convertiría en su marido, pero aun así se casaba. «¡Santísimo Shivá!», repitió al tiempo que se incorporaba. En la pequeña habitación que compartía con su hermana Sunam, ya no solo estaba la madre, sino también las tías y las primas, y dos vecinas del pueblo.

–¡Esta hija mía... no sé a quién habrá salido! –se cuestionaba la madre.

Los padres habían arreglado una boda para el día del Akha Teej:[1] casaban a Mey con el menor de la casta[2] de los Juimnel, que vivían a cincuenta kilómetros. El niño escogido se llamaba Pradeep, eso sí lo sabía, y tenía doce años como ella. Una prima de Mey lo había visto hacía un año, en la boda de otra niña de la casta, y le había dicho que era muy avispado, aunque un poco tímido. «¡Pues va apañado conmigo!», pensó Mey el día que sus padres le anunciaron que para el Akha Teej de ese año se convertiría en su esposo.

Las mujeres habían empezado a cocinar el día antes. Los hombres de la familia habían instalado una triste carpa en el patio de casa, y cuando Mey estuvo vestida, aunque todavía no de novia, un grupo de músicos empezó a tocar, dispuesto a recorrer el pueblo para anunciar la buena nueva. Mey sabía que aquellas bodas entre menores no estaban permitidas, que no se podían celebrar, pero todo el mundo hacía la vista gorda, y si se daba la circunstancia de que la policía pasaba por allí, el padre los invitaba a beber, les regalaba algo de valor e incluso soltaba algunas rupias, las monedas del país. La cuestión era seguir la tradición. Los padres de Mey habían pagado la dote a la familia del novio, un buen puñado de pasta, y todavía les quedaba casar a una hija. «Esto de parir hembras es una ruina», a me-

1. Fecha variable (suele caer en primavera) que representa el buen augurio y está relacionado con la posición de las estrellas, en la que los hindús del Rajasthan casan a sus hijas y a sus hijos menores.

2. Cada uno de los estamentos, generalmente hereditarios, que forman la división jerárquica de la sociedad en la India.

nudo había oído decir a los viejos del pueblo, e incluso a su padre. De hecho, eso también lo sabía Mey, hasta los dieciocho años se quedaría con sus padres, y después tendría que ir a vivir a casa de su marido: la familia de sus suegros la mantendría. Así es como se había hecho siempre y nadie se planteaba que este tipo de leyes pudieran cambiar. Mey tenía otros proyectos para su futuro: quería ser profesora, quería trabajar y enseñar. ¡A ver quién la obligaba a quedarse todo el día en casa como hacía su madre...! El alboroto de los músicos la devolvió a la realidad: hoy era el día de su boda. A mediodía llegaría el novio y la familia del novio; y a la hora de comer llegarían los invitados, y por la noche el pandit[3] leería los textos escritos en sánscrito hasta la madrugada...

–¡Cariño, tendrías que empezar a arreglarte! –le dijo su tía.

La asió del brazo y la llevó a la habitación de su madre. Quizá fueron quince mujeres más las que entraron. La bañaron, después la maquillaron, le tiñeron las manos con *henna* y finalmente le pusieron el vestido de boda y un pendiente en la nariz.

–Chica, ¡estás preciosa! ¡Vamos a pasear para que te vea todo el pueblo!

Más que un paseo aquello fue un desfile. La gente salía de las casas y felicitaba a la familia, al tiempo que admiraba la belleza de la novia, que sonreía, incómoda, bajo un

3. Oficiante de la ceremonia religiosa.

odhni[4] de color naranja.

El novio llegó puntual y fue recibido por la familia. Mey lo esperaba en la habitación más grande y noble de la casa, con el velo cubriéndole el rostro. Cuando lo vio entrar se sonrojó. Era un chico delgado y escuálido, vestido con pantalones y camisa de señor, con un turbante en la cabeza y un collar enorme hecho con billetes de rupia y envoltorios de caramelos. Tenía cara de dormido, quizá por el viaje en *jeep* desde su pueblo. Salieron a recibir los regalos y las felicitaciones de las dos familias, y de los vecinos y amigos del pueblo. Aquello sí era una gran fiesta, con comida, bebida y música. Donde no se celebraba ningún festejo era en el corazón de Mey, que aún no se había atrevido a hablar un poco con el chico. Escondida tras el velo, Mey contemplaba cómo bailaban su hermana y su prima, y tenía ganas de añadirse al jolgorio, pero eso no lo hacía nunca una novia. El proceso de lectura del texto de boda en sánscrito se hizo eterno, y tanto el novio como la novia se dormían, incapaces de soportar aquella plegaria más larga que un día sin pan y escrita en una lengua que no entendían. «¡Ojalá alguien tuviera una buena almohada!», pensó Mey. Antes de ir a dormir, los dos novios tuvieron tiempo de charlar. Aquel chico no le convenía, pensó Mey. Sólo hablaba de ganado y de motos.

—De mayor —le dijo— quiero ampliar la producción de cabezas de ganado que tiene mi padre.

85

4. Fular. Pañuelo largo con el que se visten las novias.

–Entonces, quieres ser granjero...

–¡Por supuesto! La granja más grande del pueblo. ¡Los corderos mejor alimentados que hayas visto nunca!

–Con lo que apestan los corderos... –dijo Mey con cara de asco.

–¡Y quiero tener la moto más grande del país!

El marido escuálido alzó los brazos y simuló que conducía una moto enorme, y con la boca emitía sonidos como de motor: «¡brruummmm, brruuummmm!»

–¡Pero si tú eres un poco enclenque! ¿Ya vas a la escuela, en tu pueblo?

–¡Bah! La escuela no es importante...

–No, claro. Para cuidar corderos e ir en moto no lo es...

Mey nunca imaginó que acabaría casándose con un hombre como aquél. De hecho, todavía no tenía edad para pensar en boda, pero, mira por dónde, ya estaba casada. Al día siguiente se la llevaron al pueblo de su marido para que conociera a la familia. Allí sólo pasó un día, y tuvo más que suficiente. Ella estaba acostumbrada a su familia, a su pueblo, a la escuela. En casa del marido escuálido no le dejaron ni siquiera salir a la calle: durante aquel día pasó a visitarla un montón de gente. Las mujeres la tocaban y le daban consejos, y la aleccionaban sobre cómo se tenía que comportar una mujer, y le mostraban las grandezas de la familia de su marido. Éste, vestido todavía con las galas de la boda, no hacía otra cosa que correr arriba y abajo por la casa como si fuera sobre la moto que no tenía y repitiendo «brruummmm, brruuummmm».

Mey recordaba todo aquello como si lo hubiera vivido

en medio de una niebla espesa. Era normal: aquella experiencia de la boda no era nada edificante ni provechosa para una niña de doce años. Una niña de doce años tendría que ir a la escuela, y aprender, y jugar, y ayudar a su familia. ¡Pero casarse! ¿Qué sentido tenía casarse? Lo podría haber vivido como un juego, pero ni siquiera fue así. Un recuerdo vago y nebuloso de su marido infantil; un marido que a los dieciocho años se habría convertido en su hombre «tanto si te gusta como si no», se decía Mey.

Transcurridos tres años desde la boda, todavía iba a la escuela y vivía con sus padres. En su casa casi nunca hablaban de su marido, que la esperaba a cincuenta kilómetros de distancia, asistiendo a una escuela que no le interesaba, porque él quería engordar corderos y correr en moto. Mey decidió que no iría a vivir con él ni muerta. Se tenía que espabilar y buscar una alternativa. A medida que se hacía mayor, más se implicaba en la vida de la escuela y más contacto tenía con los profesores y las maestras. Le enseñaron inglés, y pudo leer libros escritos por otras mujeres. Se hizo una idea de cómo debía ser una mujer libre, y la comparó con la realidad de su pueblo: a ella nunca le permitirían defender sus ideales, que no encajaban en absoluto con la mentalidad tradicional de su casta. A los dieciséis años conoció a Melena, que también quería ser profesora.

–Tenemos que huir como sea –propuso Mey.

–Pero, ¿cómo quieres que huyamos? ¿Con quién? ¿Con qué dinero?–preguntaba desesperada su amiga–. No es fácil sobrevivir, chica.

Se tenía que intentar. Ciertamente no fue fácil. Nada fácil. Tampoco fue sencillo marcharse de la India y atravesar medio mundo antes de llegar a Barcelona. Por el camino conoció a un buen hombre, a un hombre que la quería y que, de verdad, podría llegar a ser su marido, no como aquél de pacotilla que sus padres habían apalabrado en el pueblo. Un marido en el que confiar y con el que tener hijos y compartir una manera de entender la vida. Y elegido por ella, eso era lo más importante. Las había pasado canutas, pero después de la tormenta siempre llega la calma, y eso mismo tenía que pasar con sus vidas. Mey no había abandonado la idea de ser profesora, pero las circunstancias no siempre le permiten a uno cumplir sus sueños. «Más adelante», se decía a menudo. Le gustaba mucho leer, y durante los años que fue de un lugar a otro se dio cuenta de que le resultaba fácil aprender las lenguas de los diferentes países de acogida, y de ese modo se entendía en alemán, en francés, en inglés y ahora, en castellano. En Barcelona, cada tarde iba a clases de lengua, y allí conoció a un montón de mujeres como ella. Mujeres dispuestas a tirar hacia delante y encarar las dificultades del día a día. Mujeres que se saben poseedoras de un futuro.

Nunca más volvió a ver al novio de doce años a quién su padre había pagado tanto dinero por la dote. No le dijo nada a su padre, antes de huir del pueblo: la habría encerrado para toda la vida. Pobre padre.

Aquellos niños que se besaban en el metro no debían de tener mucho más que los doce años que tenía ella entonces, cuando la casaron. «¡Estos de aquí se besan en la boca, Santísimo Shivá!», se decía Mey. Con aquel novio que tuvo ella, ni siquiera se miraron cara a cara. «A estas alturas –se dijo, mientras los ojos se le cerraban con el traqueteo del convoy– yo ya apestaría a ganado tanto como él.»

Los dos niños a los que contemplaba absorta Mey ya no se besaban, sino que la miraban extrañados. Ella se asustó un poco, como si despertara de un sueño, miró al andén a través de la puerta abierta y se dio cuenta de que se había pasado tres paradas. «¡Santísimo Shivá! ¡Me he dormido en los laureles!», pensó mientras se levantaba del asiento y salía como un cohete del vagón cuando ya cerraban las puertas.

Los fantasmas del túnel

—¿Qué miraba esa mujer india? ¡Parecía hipnotizada! –dijo Alba.

—No lo sé. ¡Estos extranjeros están un poco locos! –contestó Olaf.

—¡Qué bruto eres! Chico, ¡pero si tú también eres extranjero!

Dos paradas después bajaron del metro. Atravesaron el andén abrazados y subieron la escalera que conducía al exterior, a la calle donde se tenían que despedir. Alba vivía cerca y Olaf sólo la había acompañado, se besaron por última vez y se desearon buenas noches. Alba se giró una vez para decirle adiós con la mano, y él esperó plantado junto a la salida del metro hasta que la vio desaparecer al doblar la esquina. Después volvió a bajar la escalera e introdujo la tarjeta multiviaje. Tenía que volver a coger un convoy y hacer dos transbordos para llegar a su casa.

Mientras esperaba sentado en el andén, vio a una mujer pordiosera enfrente, una mujer con un color de piel y una fisonomía parecidos a los de la mujer que antes se les había quedado mirando. Él no era como aquellas mujeres. Él era extranjero, sí, inmigrante, como lo llamaban ahora, pero tenía la piel blanca y nadie lo miraba mal. No tenían motivo para hacerlo, está claro. Él no tenía necesidad de ir pidiendo en el metro, ni provenía de una cultura que le obligara a vestir con ropa diferente de la que vestían aquí. Él tenía un piso e iba a la escuela, y tenía una familia. Sí, el piso estaba en el quinto pino, y era pequeño y oscuro. Y sus padres trabajaban cuanto podían para sobrevivir. No, no era una vida fácil ni cómoda, como la que tenía Alba, por ejemplo, que había nacido en la ciudad, y que vestía ropa buena, y su padre trabajaba en un banco y su madre tenía una tienda de muebles. No, su familia no era como la de Alba. Y eso pesaba un poco, o mucho. Porque él no podía ir a casa de Alba, ni la podía acompañar hasta la puerta del edificio donde vivía. Los padres de Alba no podían saber que un tal Olaf Zvreniev salía y se besaba con su hija. Había de reconocer que no tenía las mismas oportunidades ni las mismas ventajas que los nacidos aquí, aunque tuviera piso, escuela y familia.

Una familia casi completa, claro. Porque también estaba el fantasma Alexei. El terrible fantasma de su hermano que le perseguía siempre y que le provocaba un gran desasosiego, especialmente en momentos en los que estaba solo en una estación de metro y recordaba el pasado en Moscú.

Alexei era seis años mayor que él, y esos seis años representaban una superioridad en todos los aspectos de la vida y de la relación entre los hermanos: Alexei corría más que él, era más perspicaz, era más hablador. Alexei se hacía más el simpático, conseguía más favores y disfrutaba de la complicidad de los adultos. Alexei sabía detenerse a tiempo cuando era hora de terminar, y Olaf siempre seguía un poco más y al final lo pillaban y se la cargaba. No había remedio: Alexei le superaba en todos los aspectos, y por eso mismo le admiraba, le respetaba e, incluso, también le imitaba.

Moscú, en poco tiempo, pasó de ser una capital mundial a un no-se-sabe-qué, que tenía alucinados a los habitantes. El país había perdido fuerza, porque todas las repúblicas habían perdido. De hecho, se habían desintegrado y se habían convertido en países independientes. El padre de los chicos estaba harto de repetirlo: «Eso de la unión hace la fuerza. Cuando las repúblicas estaban unidas, éramos una potencia mundial. Ahora que todas van por libre, no sabemos sobrellevarlo. Acabaremos más pobres que las ratas.» La gente perdía el trabajo. Las inversiones extranjeras se traducían en establecimientos modernísimos y concurridos que no dejaban dinero para la gente del país. De repente surgieron grandes millonarios y profundos sacos de pobreza. «Donde hay pasta repentina –eso también lo decía el padre de los niños– siempre nacen mafias corruptas.» Todo lo que se conseguía desde la ilegalidad era controlado por una especie de policía también ilegal, las mafias, y vigilaban que todo lo prohibido y punible funcionara con unas ciertas normas. Olaf lo piensa ahora, al cabo de unos años y desde otro país. Cuando pasó lo que pasó, él era demasiado pequeño y percibía las cosas de una manera muy distinta.

Alexei se hizo muy amigo de Goran. Sus padres se alegraron, porque la familia de Goran había sabido espabilarse y ahora acumulaba mucho dinero, y tenía una casa preciosa. A menudo invitaban a Alexei, lo llevaban de viaje con ellos y le hacían buenos regalos de cumpleaños. Goran tenía la edad de Alexei y, según ellos, Olaf era demasiado pequeño para que jugaran juntos; por eso no le invitaban nunca. Se empezó a distanciar de su hermano, que incluso llegaba a pasar semanas enteras en casa de Goran. Pero, de repente, los negocios invisibles del padre de Goran se fueron al traste, y cuesta mucho abandonar una vida de lujo cuando ya está uno acostumbrado. La familia de Olaf sabía cosas por los periódicos y la televisión local, pero su hijo mayor no les hablaba nunca de los problemas de casa de su amigo. Seguía visitándolo regularmente y por mucho que su madre le agobiara con preguntas cuando volvía, Alexei no revelaba más que lo imprescindible.

Un fin de semana, Alexei pidió a sus padres que lo dejaran en casa de su amigo. El domingo por la noche, Alexei llamó para anunciar que se quedaría un par de días más en casa de Goran. «¿Entre semana? –preguntó extrañada, su madre–. ¡Hoy es lunes! ¿Qué tienes que hacer un lunes en casa de tu amigo?» Alexei explicó que los padres de Goran celebraban el aniversario de boda, que era el martes, y que lo habían invitado a la fiesta que organizaban el mismo día. «Yo les ayudaré con los preparativos.»

—Pero no dejes de ir a la escuela, ¿me has entendido?

—Claro, mamá.

Alexei no telefoneó el miércoles, y su madre, nerviosa, lo hizo al día siguiente. Nadie contestó en casa de Goran, y tampoco por la noche; la mujer estaba realmente preocupada por su hijo y, acompañada de su marido, se presentó en casa de los padres de Goran, que vivían en un barrio acomodado de Moscú, lejos de su casa. En la casa no había nadie. Una vecina que vio como aquella gente llamaba insistentemente al timbre, se acercó para decirles que la familia Kutztxenova estaba en paradero desconocido desde el momento en que se les acusó de un desfalco de millones de rublos. «¿No lo han oído por la televisión? —preguntó la mujer—. Todos los programas hablan de ello». Los padres de Alexei acudieron a la policía, que confirmó la desaparición del matrimonio Kutztxenova, pero no la de su hijo Goran, que estaba viviendo con una parienta en el mismísimo Moscú. Consiguieron la dirección de esta parienta y allí no había rastro de los niños ni la parienta sabía nada. «Esta familia acabará mal —dijo la mujer con el dedo alzado, como si hiciera una predicción—. Lo he dicho siempre. Y este crío es un demonio desde que nació. Y fíjese que lo digo yo, su propia tía.»

Desde la desaparición de Alexei todo se fue sabiendo poco a poco: hacía tiempo que la familia de Goran tenía relación con los mafiosos que controlaban el poder económico de la ciudad. Sus padres habían hecho y recibido favores, y tenían una deuda pendiente con estas organizaciones criminales. También supieron que a Goran lo habían detenido un par de veces por asuntos relacionados con la droga y que en su ficha policial, con solo catorce años, ya constaban delitos de robo y amenazas intimidatorias con armas. Los padres de Alexei no se lo podían creer, e iban arriba y abajo buscando pistas de su hijo desaparecido. Conocieron de primera mano la vida de los adolescentes delincuentes de Moscú, niños de doce a dieciséis años que consumían droga y que vivían en edificios abandonados protegidos por los macarras sin alma que se aprovechaban de su ingenuidad. Recorrieron todas las calles y las plazas, a veces con la policía y otras solos.

Una vez les acompañó Olaf. Habitualmente no participaba en las labores de búsqueda, pero aquel día surgió una pista muy fiable e improvisaron la inspección de un barrio marginal, acompañados por un policía. Olaf iba de la mano de su padre mientras atravesaban una especie de túnel, una antigua estación de metro abandonada, donde un montón de niños y niñas de la edad de Alexei se calentaban cerca de una hoguera. Su madre se desesperaba cuando veía que los niños y las niñas huían al verlos llegar y chillaba enloquecida que no huyeran, que solo buscaba a un niño, Alexei Zvreniev, que no querían detener a nadie, pero el policía que les acompañaba corría detrás de los niños apuntándoles con una pistola. Olaf se quedó hipnotizado ante aquel terrible espectáculo: niños y niñas mal vestidos, demacrados, sin zapatos y que temblaban, que corrían apresuradamente en todas direcciones mientras su madre, llorando a lágrima viva y aclamando, como una histérica, el nombre de su hijo, procuraba detenerlos cogiéndolos del brazo. Olaf corría también detrás de ellos, detrás de su madre, del policía armado y de

su padre; Olaf también tropezaba con los rostros de mirada ausente que iba deteniendo su madre para averiguar si se trataba de su hijo perdido, si uno de aquellos espíritus a la deriva era su querido Alexei.

Desde aquel día, Olaf supo que nunca encontrarían a Alexei. Que si su hermano se había convertido en uno de aquellos fantasmas que vio en la vieja estación de metro, era imposible que continuara con vida después de casi ocho años.

Cuando el asunto no tenía remedio y el trabajo de su padre hizo aguas y todos los trabajadores fueron despedidos, la familia de Olaf tomó una decisión: tenían una prima que vivía en Cataluña desde hacía años. Alejándose de Moscú se alejaban del drama de sus vidas. Incluso la madre, después de haber sufrido tanto, estaba dispuesta a marcharse de Moscú, a pesar de ser consciente de que, si se iban, morían todas las posibilidades, por remotas que fueran, de encontrar a su hijo.

Ha transcurrido el tiempo y ahora Olaf ya tiene más años que los que tenía Alexei cuando desapareció. A veces, en casa, se da cuenta que su madre le mira perpleja y debe de ser porque lo confunde. Cuando sale deprisa del lavabo o cuando aparece improvisadamente en el comedor mientras sus padres ven la tele, quizá Olaf se transforma, a ojos de la madre, en el Alexei perdido. Y el caso es que se parecen bastante: cuanto más crece, más se parece a su hermano. Y eso descoloca a su madre, que le mira sin saber qué decir. De hecho no hay nada que decir, porque Olaf lo entiende sin necesidad de mediar palabra, y lo que hace es abrazarla y darle un beso en la frente. «Soy yo, mamá» le dice a veces, y la madre asiente con la cabeza, y continúa con lo que estaba haciendo.

Viven en un piso en Nou Barris. Su madre cocina en un restaurante ruso de Sant Gervasi y su padre trabaja en una fábrica. Los dos se levantan temprano y vuelven a casa por la noche. Olaf va al instituto, habla castellano correctamente y catalán bastante bien. Es un chico deportista, amigo de sus amigos, quizá un poco más celoso ahora que ha conocido a Alba, con quien se entiende muy bien. La familia de Olaf ha bajado de nivel social. En Barcelona no disfrutan de la posición que tenían en Moscú. Al principio cuesta aceptarlo, le explicó un día Olaf a Alba, pero de alguna manera se tiene que tirar adelante. «Somos una familia inmigrante, que se ha comido el orgullo y además está incompleta», suele decir el padre de Olaf cuando habla con los amigos rusos que tiene en la ciudad. «Podemos dejar de sentirnos, a la larga, inmigrantes, y espero que mi hijo, dentro de unos años, sea un catalán más. También podemos recuperar el orgullo y la clase, y encontrar un trabajo mejor, y que mi mujer deje de cocinar para los demás. Eso también es posible, eso es futuro. Ahora bien, la familia siempre, oís bien, siempre, estará incompleta. Una parte de nosotros, una parte muy importante, vaga por las calles de Moscú, y no sabemos si lo hace en forma de cuerpo o como un alma en pena. Dejamos un pedacito de corazón en Moscú y eso no tiene futuro. Eso es y será siempre pasado y presente de sufrimiento y nostalgia.» La madre de Olaf mantiene contacto con organizaciones que buscan desaparecidos en Rusia y otras repúblicas de la ex Unión Soviética, y de vez en cuando recibe llamadas amables de un comisario, ya jubilado, que se encargaba del caso de Alexei y que todavía está al acecho por si hay novedades. «La cosa no ha mejorado desde que se marcharon –le dijo un día por teléfono–. Nuestra juventud continúa perdida por las calles, señora Maya. Los veo cada día, en las estaciones de tren, a las afueras de la ciudad, en los barrios marginales donde se vende la droga. Son centenares de niños y niñas, señora Maya. Y nadie se encarga de ellos.»

Olaf tuvo que espantar al fantasma de su hermano, que parecía que se había sentado con él en el banco de al lado. Le añoraba y sufría por él, y cada mañana se levantaba y veía a su madre llorando en la cocina, antes de ir a trabajar, y sabía que lloraba por él, por la falta que hacía en la familia. En aquel piso pequeño y oscuro todavía se hacía más patente la familia incompleta; la familia que había perdido aquello que antes tenía, que se tenía que conformar con la nueva situación igual que se tenía que esforzar para convivir con la ausencia de uno de sus miembros.

Lo distrajeron las carcajadas de un grupo de niñas que habían subido al vagón cargadas con sus mochilas. Como no había asientos libres, se habían quedado todas de pie al lado de la puerta. Una tenía la piel morena y llevaba unas trenzas muy graciosas llenas de clips y pasadores de colores vivos. La niña era más pequeña que él y también debía de ser extranjera. Se miraron un momento, como si se reconocieran, pero Olaf no la había visto nunca. «Ésta parece que ha adivinado que yo también soy extranjero», pensó, y enseguida desvió los ojos, abrió la bolsa, sacó el iPod y se encasquetó los auriculares en las orejas.

Unos aquí y otros allí

La niña de las trenzas se llamaba Jennifer. Tenía el cabello negro y rizado, y por eso miraba tanto el pelo rubio de aquel chico que se sentaba y que se ponía los auriculares. A ella le encantaría tener aquel pelo tan rubio y lacio, pero sus padres también lo tenían negro y tupido como ella y se tenía que conformar. Por otra parte, le gustaban todos los chicos rubios y con el pelo liso. ¡Era muy enamoradiza, no podía evitarlo!

Jennifer había salido de informática, una clase extraescolar. Pulsó su primera tecla de ordenador cuando llegó a la ciudad desde Santo Domingo y de eso hacía solo dos años. Iba retrasada en muchas materias, con respecto a sus compañeros de clase, y no solo en informática. Pero le había insistido mucho a su madre para que la matriculara en clase de ordenadores, como ella la llamaba. «La tutora siempre dice que el futuro pasa por las teclas de un ordenador –le explicaba a su madre– y si no me espabilo, el futuro se me escapará.» La madre de Jennifer trabajaba limpiando casas de un barrio acomodado, y a la fuerza tenía que ajustar el presupuesto mensual para mantener a la familia. Si no hubiera actuado de esa manera y no hubiera ahorrado desde el primer día en el que se puso a trabajar, recién llegada de su país, República Dominicana, la madre de Jennifer no habría conseguido traerla a ella ni a su hermano desde Santo Domingo. Y por eso le tenía que estar siempre agradecida y aprovechar las oportunidades que, con esfuerzo y visión de futuro, le proporcionaba su madre.

La madre de Jennifer se llama Rosa. Rosa es una mujer fuerte y luchadora, que vio que en Santo Domingo no tendría mucho futuro y decidió ahorrar para coger un avión y cambiar de continente. En Europa tenía una conocida que había emigrado hacía unos años, sabía que las cosas le iban bien y decidió seguir sus pasos. Antes, sin embargo, en su ciudad natal, se había casado y había tenido dos hijos. Y no solo eso, sino que cuando se marchó llevaba otro en el vientre, un tercer hijo que ya nacería en Europa. El drama de Rosa era el mismo que el de la mayoría de los emigrantes: había conseguido ahorrar para comprar un billete de avión, solo uno, y eso quería decir que tenía que dejar a su marido y a sus hijos, y si se llevaba uno era porque todavía estaba en estado de gestación y no pagaba billete. Jennifer fue una de las que se quedó con el padre y la abuela, en Santo Domingo, donde no solo hay hoteles de lujo y playas paradisiacas como anuncian las agencias de viajes, también hay poco trabajo, sueldos míseros y pisos sin comodidades.

–Os prometo que ahorraré para llevaros a Europa –les dijo la madre a ella y a su hermano el día que se marchó–, porque somos una familia, y las familias tienen que vivir unidas, no unos aquí y otros allí.

Aquella tarde la acompañaron al aeropuerto y le dijeron adiós con la mano mientras veían cómo se perdía en medio de turistas que cargaban maletas después de pasar diez días en Playa Bávaro y Punta Cana.

–Papá, ¿y ahora qué haremos sin mamá?

El padre agarró a un hijo con cada mano, encogió los hombros y empezó a andar hacia la parada de autobús.

–Tendremos que seguir como hemos hecho hasta ahora.

Para Jennifer quería decir ir a la escuela, ayudar a su abuela en los quehaceres de casa y ayudar a su tía Ilena los fines de semana. De hecho, como decía su padre, tenían que hacer lo que se había hecho siempre, pero sin su madre al lado. Sin Rosa ayudándole a coser los vestidos rasgados, sin Rosa ayudándole a leer los libros de la escuela, sin Rosa cocinando aquellos pasteles de plátano tan sabrosos.

No era la única que se había quedado temporalmente sin madre. En su clase había otros niños y niñas en la misma situación. Pancho, Jackson, Irene, Paquita... había un montón como ella. A la hora del recreo jugaban a imaginarse cómo vivirían cuando llegaran a Europa o a Estados Unidos. Jennifer quería tener vestidos preciosos, y zapatos de tacón, para ir a fiestas y pasear por ciudades llenas de monumentos. Sabía, por las revistas, que había diseñadores de moda que organizaban desfiles para que la gente admirara sus creaciones. Eso quería ser ella de mayor, diseñadora de vestidos, y trabajar en las pasarelas. También, y eso solo se lo decía a las amigas más próximas, le gustaría conocer a un chico rubio, alto, rubio y con los ojos azules, como un príncipe, para casarse. En Santo Domingo había uno que bebía los vientos por ella, y que la espiaba los domingos en el mercado Modelo mientras ayudaba a su tía Ilena, pero era bajito, de piel oscura y tenía el pelo rizado como ella, y se llamaba Santos, como su padre.

Rosa llamaba a sus hijos una vez a la semana. Les explicaba que la vida en Europa no era tan maravillosa como se había imaginado, que tenía que trabajar de lo lindo. Decía que hacía frío, que a veces la gente la miraba mal por su color de piel y que las cosas eran caras. Les envió una fotografía de su hermanita, Vanessa, recién nacida. Jennifer vio cómo a su padre se le escapaban unas lágrimas cuando miraba la foto. «Pobre mujer –murmuró–. Debe de haber sufrido tanto, sola en el hospital, mientras daba a luz.» Vanessa se parecía a sus hermanos: era de piel morena y pelo rizado. Smith, el hermano de Jennifer, que todavía era pequeño, se sorprendió: creía que su hermanita sería de piel blanca como las europeas. «¡Mira que llega a ser burro!», pensó Jennifer.

Después de cinco años de haber llegado a Barcelona, por primera vez, Rosa estaba preparada para reunirse con sus hijos en la ciudad. Tenía un trabajo más o menos estable, había alquilado un piso de dos habitaciones y, sobre todo, tenía una necesidad imperiosa de estar con ellos. Había ahorrado para pagar los billetes de avión de sus hijos desde Santo Domingo a Barcelona y lo había conseguido porque aquel año no los había visitado por Navidad como hacía habitualmente. La última Navidad, Rosa se quedó sola en casa, sin su familia y pudo ahorrar mucho. No lo suficiente como para traer también a su marido, que de momento se quedaría en su país trabajando y cuidando del resto de la familia.

El padre de Jennifer los reunió un domingo antes de comer. «Os tengo que explicar una cosa muy importante». Tanto ella como Smith se lo imaginaban y se pusieron contentos antes de oírlo. Sin embargo, lo que aún no sabían era que su padre no iría en el mismo avión. «¿Y qué harás tú aquí solo?», le preguntó Jennifer, desesperada.

–No es la primera cosa mala que nos pasa en la vida. Tenemos que acostumbrarnos a aceptar las cosas como vienen y pensar, como hace vuestra madre, que todo volverá a su sitio y que si la finalidad de una familia es que viva unida, al final lo conseguiremos, porque no puede ser de otro modo.

Rosa besó la imagen de la Virgen de Altagracia, patrona de su país, antes de subir en el bus que la llevaría al aeropuerto a recibir a sus hijos. Fue con Vanessa, que ya tenía cinco años, y los esperaron en la misma salida del avión, ya que los del aeropuerto estaban avisados de que en aquel vuelo viajaban dos niños menores y que solo serían recogidos por su madre al llegar a la ciudad. Era tan necesario, que los cuatro se fundieron en un abrazo gigante, el abrazo de una madre que recupera a sus hijos. La gente que salía del avión se quedó impresionada ante aquella demostración de amor indispensable.

Jenny y Smith se fueron acostumbrando a la nueva vida y, en ese sentido, su hermana pequeña fue la mejor maestra. Vanessa era muy lista y sabía cómo funcionaban las cosas en la ciudad: los metros, los planos, las tiendas y los supermercados. Rosa les inscribió enseguida en una escuela para que no perdieran ni un solo día de clase y, no solo tuvieron que batallar con materias que también estudiaban en Santo Domingo, como las matemáticas, la lengua española y las ciencias naturales, sino que además les tocaba estudiar otra lengua, el catalán, que era la lengua que hablaba la gente de Barcelona. Y la informática, algo que allí no habían hecho nunca y que aquí estaba al orden del día. Entre los planes de Rosa está el de comprar un ordenador para que sus hijos puedan realizar los trabajos de la escuela, consultar Internet y comunicarse a través del Messenger como hacen todos los de la clase. Rosa también tiene otro tema pendiente: traer a su marido. Tres días atrás, el domingo anterior, fue con sus tres hijos a pasear por la Barceloneta y les anunció que lo tenía todo preparado para hacer venir a su padre: había ahorrado y le había encontrado un trabajo para cuando llegara.

–¡Estaremos un poco apretados en casa! –dijo.

Los tres hermanos se alegraron muchísimo y agradecieron a su madre todo el esfuerzo y la dedicación.

–Cuesta ganar las cosas, pero la cuestión es quererlas. Si una cosa se desea con toda el alma, por mucho que cueste conseguirla, el camino ya está trazado –opinaba Rosa–. Solo es preciso mantener la dignidad y estar orgullosos de quiénes somos, del lugar de dónde venimos y de qué es lo que queremos.

Jenny, en más de una ocasión, había podido comprobar qué quería decir su madre cuando hablaba de orgullo y de dignidad. En junio, una tarde, cuando ya no había escuela, Jenny acompañó a Rosa a limpiar la sede de una oficina bancaria. No era su trabajo habitual, pero sustituía a una amiga, que había ido a pasar un par de semanas a Santo Domingo. La oficina era muy moderna, con grandes ventanales y puertas que daban a la calle. A Jenny le dio un poco de vergüenza ponerse el delantal y un pañuelo en la cabeza para ayudar a su madre, sobre todo porque se las veía desde fuera.

–¡Qué más da! ¡En este barrio no te conoce nadie! ¡Y aunque te conocieran! Hemos venido a trabajar, hija, y no es ninguna deshonra –le dijo Rosa.

Madre e hija empezaron arreglando mesas, vaciando papeleras, sacando el polvo y barriendo. Entonces Jenny vio cómo un grupo de niños de su edad se sentaban en un peldaño de la parte de fuera de la oficina y la miraban. Se puso muy nerviosa, sobre todo cuando ellos se dieron cuenta de su incomodidad y empezaron a reír, hicieron comentarios sobre ella, le enviaban besos, le hacían muecas e incluso se pasaban las manos por los pechos. «¡Qué descarados!», pensó la niña, muerta de vergüenza y de rabia. Como la broma no cesaba, se lo dijo a su madre.

Rosa se acercó al cristal y les ordenó que se fueran con un gesto. Los niños se rieron, le hicieron un gesto negativo con el dedo y se le encararon. «¿Molestamos? ¿Por qué no bailáis un poco para nosotros?», gritaron desde el exterior.

Rosa aconsejó a su hija que no les hiciera caso, pero a Jenny ya se le había metido el miedo en el cuerpo. «¿Y si quieren entrar? ¿Y si nos roban? ¿Y si nos hacen daño?», pensaba. Rosa había cerrado con llave y no podían entrar por ningún otro sitio que no fuera la puerta.

Continuaron barriendo, fingiendo hacer caso omiso a las burradas de aquellos sinvergüenzas, hasta que uno, con la cara pegada al cristal, imitó a un mono. Entonces Rosa hizo de tripas corazón y le dijo a su hija que procurara estar tranquila, porque pensaba dejar entrar a aquellos niños.

–Pero, mamá, ¿te has vuelto loca? –se asustó Jenny–. ¿Qué quieres, que te echen del trabajo?

Pero Rosa, ante la mirada atónita de su hija, que no se lo podía creer, fue hacia la puerta, la abrió y salió a la calle, con el delantal y la escoba. Los críos también se quedaron estupefactos, pero no se acobardaron ni salieron corriendo. Al contrario, uno de ellos se le enfrentó.

–¿Pasa algo? ¿Tienes algún problema?

Rosa, sin perder las buenas formas, les dijo que no, pero que había pensado que si realmente estaban tan interesados en lo que ellas hacían, estaban invitados a entrar.

–No tendréis frío y os podréis sentar más cómodamente en las butacas. Por otra parte, como me ha parecido que uno de vosotros hacía ver que estaba en un zoo e imitaba a los monos, prefiero que vengáis conmigo. No me gusta tener la sensación que estoy en una jaula.

–Pero, ¿qué dices? –dijo el chico que había imitado al mono.

–Nada, lo que te estaba diciendo. Soy una persona como vosotros, y aquélla es mi hija, que tiene vuestra edad y que va a una escuela como la vuestra. No nos consideramos unos monos y para no tener esa sensación tan desagradable, prefiero que entréis, que os sentéis, y que miréis cómo trabajamos, como si fuerais mis hijos y yo vuestra madre. ¡Venga, adelante! ¡No os quedéis como pasmarotes!

–Nadie se ha metido con vosotras... –dijo uno de ellos, cabizbajo–. Solo bromeábamos.

–¿Y tú crees que es gracioso reírse de dos mujeres que trabajan? ¿Tú qué crees que estamos en un teatro o en la televisión? ¿Crees que friego para divertirte? No, chico, este es un trabajo y lo hago para poder mantener a mi familia. Venimos de lejos, pero tenemos las mismas necesidades que cualquier otra familia. No me parece que haya ningún motivo para reírse de nosotras.

–No era nuestra intención...

–¿Ah, no? ¿Y cuál era, pues? ¿Solo reíros de mi hija? Está bien. Insisto: si entráis, os la presentaré. Seguro que vais al mismo curso y podréis hablar de profesores, créditos, programas de la tele y videojuegos. ¿Entráis u os quedáis ahí?

–No les queremos estorbar. Están trabajando –dijo uno de ellos.

–Exacto. Eso hacíamos, trabajar, como hace todo el mundo. Y hasta ahora habéis conseguido precisamente lo contrario, estorbarnos. Y eso significa que acabaremos más tarde, y tendremos que cenar más tarde.

Los niños no dijeron nada. Todos miraban hacia el suelo

y callaban.

—¿Entráis o qué? —insistió Rosa.

—No, gracias —dijo el más hablador, y después de una pausa añadió—: ¿Quiere que las ayudemos un rato? Para recuperar el tiempo perdido, quiero decir...

—No es necesario, gracias de todos modos. Lo que podéis hacer, eso sí, es no molestar más.

Los niños pidieron perdón unas cuantas veces mientras se iban y Rosa volvía a la oficina. Jenny, que había oído a medias la conversación, estaba impresionada. Su madre le guiñó un ojo.

—Ahora espabila, que se hace tarde.

Y continuó barriendo como si nada hubiera sucedido.

Jennifer y sus compañeros bajaron en la estación en la que debían hacer un transbordo y continuaron por otra línea. Avanzaban por el pasillo iluminado por potentes fluorescentes de neón cuando se cruzaron con un chico alto, de piel tostada, que llevaba unos pantalones de chándal, una *bomber* negra y el pelo muy corto. A Jennifer, los árabes siempre le recordaban a los príncipes de cuento que vivían en palacios de sueño. «Éste, sin embargo, parece un skin», pensó. Jennifer era muy fantasiosa, y pensaba que en un futuro próximo llegaría un príncipe árabe como aquél y la llevaría a vivir al país de las mil y una noches.

El luchador de *kickboxing*

Ahmed esperaba a sus amigos en el andén de la línea 2, sentado en un banco y con los auriculares puestos. Llevaba unos pantalones de chándal azules con dos líneas blancas paralelas de arriba abajo de la pernera. Tenía el pelo muy corto y una sudadera negra bajo la cazadora.

Ahmed había nacido en Barcelona, pero sus padres no. De ahí que a menudo discutiera con algunos amigos norteafricanos cuando se trataba de precisar si Ahmed era de aquí o de allí. Su padre había emigrado de su país, Túnez, y se había establecido en Cataluña. Había encontrado trabajo, y en poco tiempo, cosa que no todo el mundo en las mismas condiciones conseguía, había traído a su mujer, la madre de Ahmed, y a su hijo mayor, Younés.

La mujer no tenía amigas ni conocidas y pasó mucho tiempo prácticamente cerrada en casa, sin establecer relaciones de amistad con nadie. Hasta que no fue a la escuela,

Ahmed no había oído hablar casi nunca la lengua de aquí. Después la cosa fue deprisa: mantuvo el árabe en familia, pero aprendió catalán y castellano.

En la escuela, entre una cosa y otra, se había sentido marginado muchas veces, y quizá por ese motivo se le despertó un instinto de supervivencia brutal. Para defenderse, tenía que ser el más fuerte y el más valiente. Pretendía ser capaz de plantar cara a quien fuera con el objetivo de ser admirado y, sobre todo respetado, dentro del grupo. De muy jovencito empezó a ir al gimnasio. Cada día pasaba dos o tres horas, desde que salía de la escuela, en las máquinas, con las pesas, la bicicleta y haciendo abdominales. Hizo amigos en el gimnasio y allí empezó a ser alguien. Su cuerpo joven y enclenque se transformó: músculos, hombros, abdominales, bíceps... ¡Qué chico tan fuerte! En el instituto el cambio no pasó desapercibido y Ahmed se convirtió en líder y protector de sus amigos, en campeón de deporte y en organizador y seleccionador de los equipos cuando jugaban a fútbol o a voleibol. Las horas en el gimnasio, sin embargo, le restaron tiempo para los estudios y empezó a ir mal en las materias de clase. Sus padres le advirtieron: si su actitud no cambiaba, se acabaría el gimnasio. Y Ahmed reaccionó. Nadie sabía de dónde sacaba el tiempo necesario, porque entre el gimnasio y los estudios, tenía todas las horas del día ocupadas. Remontó el curso y, sin sacar notas altísimas, aprobó todos los créditos. Ese triunfo afianzó su personalidad. Un verano, en el gimnasio, conoció a un grupo de chicos un poco mayores que él, que se sorprendieron de su capacidad física. Le preguntaron si sabía qué era el *kickboxing*, y él dijo que algo había oído. Los chicos le propusieron que los acompañara un día a otro gimnasio donde se practicaba aquella modalidad deportiva derivada del boxeo. Lo probó y le encantó. Si además de hacer deporte y fortalecer los músculos, podía aprender a pegar, entonces habría conseguido su propósito: ser respetado y temido por todo el mundo. El nuevo gimnasio, sin embargo, era algo distinto al anterior, y los compañeros de boxeo también. Los primeros días oyó, en los vestuarios, cómo alguien le llamaba «moro», y otro, «morenito». También se dio cuenta de que algunos de los usuarios del gimnasio lucían insignias racistas e incluso un día se atrevió a preguntar qué pensaban de los inmigrantes. «Contigo no somos racistas –le respondieron– pero en general sí lo somos. Tú has nacido aquí y ya eres como nosotros, pero los que llegan ahora vienen a quitarnos el trabajo, el nuestro y el de nuestros padres. A esos no los queremos.» Ahmed pensó que no había mucha diferencia entre él y los recién llegados, porque se trataba de una simple cuestión de tiempo y de un proceso de adaptación: dentro de unos años, los árabes inmigrados que llegaban ahora, también hablarían su lengua, estudiarían en sus escuelas e irían al mismo gimnasio.

Un día le preguntaron si quería salir con ellos el domingo. Lo invitaban a ver a un partido de fútbol en directo, en el Camp Nou. «¿Me invitáis?», preguntó Ahmed sorprendido. «¡Claro! Vamos a animar a nuestro equipo.» Ahmed disfrutó del partido y de la emoción que vive la gente en el campo, pero se sorprendió de la actitud de los chicos que se sentaban cerca de él en el estadio. Incluso sus amigos tuvieron que discutir y pelearse con los jóvenes que se acercaban preguntando «quién era aquel moro». Antes, durante y después del partido, oyó cómo proferían consignas racistas y xenófobas; detectó actitudes fascistas en los espectadores más próximos y distinguió evidentes signos de violencia en el carácter de los chicos de su alrededor. Comprobó también que muchos iban cargados de alcohol, ya que habían estado bebiendo antes de acceder al estadio. Ahmed no quiso acompañar a sus compañeros del gimnasio después del partido y se excusó diciendo que había quedado con unos del instituto para celebrar un cumpleaños. Estuvo una semana sin acudir a los entrenamientos, pero su cuerpo lo añoraba y volvió. Los del gimnasio se alegraron de verle. Un mediodía, en el instituto, se peleó con uno de su clase por una falta en el partido de fútbol que disputaban mientras esperaban la hora de entrar en el comedor. Ahmed perdió los estribos y agredió al chico con un golpe de *kickboxing*, con tan mala suerte que le rompió la nariz. Recibió un castigo, y llamaron a sus padres para que fueran al despacho del director. Su padre era quien hablaba durante la entrevista y su madre se limitaba a lloriquear.

–Ahmed está descontrolado –dijo el director– y estaría bien que ustedes le prestasen más atención. Está en una edad difícil, y necesita que alguien le muestre el camino correcto. Hemos sabido que practica boxeo en un gimnasio de mala reputación del barrio, un gimnasio que incluso programa luchas entre clanes y tribus urbanas. Este es un instituto de enseñanza y no un ring de mala muerte, señores, y no aceptamos comportamientos violentos o que inciten a la violencia, y actos como el que ha protagonizado Ahmed son intolerables, ya que no se corresponden en absoluto con la filosofía de entendimiento y convivencia que rige el centro.

Ahmed no tenía ni idea de todo lo que el director contó sobre el gimnasio en el que entrenaba y se quedó tan sorprendido como su padre.

–Lo mejor sería que lo desapuntaran de ese gimnasio –insistió el director–. No queremos más problemas con él. Le hemos ayudado mucho y estamos muy contentos con su progreso académico, pero queremos que Ahmed sea pacífico y responsable de sus actos. Si no, nos veremos obligados a tomar una determinación.

Su madre le miraba con los ojos empañados. Era una buena mujer, de eso Ahmed no tenía duda alguna, y le quería por encima de todo. Verla sufrir por él le partió el corazón. «Mamá no se lo merece», pensó. El día que fue al Camp Nou oyó frases que le hirieron muchísimo, ya que iban dirigidas a madres como la suya, mujeres de pocos recursos y pocos estudios que procuraban vivir dignamente en una sociedad y una cultura que no era la propia.

Aquella noche, padre e hijo charlaron. Ahmed aseguró que él no sabía nada de todo lo que había contado el director sobre el gimnasio; que él sólo practicaba *kickboxing* porque era un deporte que le gustaba, pero que nunca había participado en ninguna lucha. Sin embargo, le reconoció a su padre que había algún chico violento y algún otro que no estaba a favor de la llegada de extranjeros al país.

–Nosotros lo somos, Ahmed. Nosotros somos como los que llegan y tenemos que estar de su parte. Sería deshonroso para la familia que tú fueras clamando consignas racistas por la calle. ¿Cómo acabaría el asunto? ¿Apalearías árabes y negros, como esos maleantes, porque son de otra raza? ¿Hijo, lo harías?

–No papá, nunca.

–Si llegaras a hacerlo, escúchame bien, dejarías de ser mi hijo.

Ahmed se distanció de los compañeros del gimnasio, aunque continuaba viéndose con ellos de vez en cuando, e intentó centrarse en los estudios. Una noche, volviendo de una fiesta en casa de uno de los del gimnasio, se detuvieron en un parque.

–¿Qué hacemos, aquí? –preguntó Ahmed.

–Esperamos a que pasen los moros –dijo uno de los chicos.

Jaime, que era el mejor amigo de Ahmed, lo asió del brazo y le susurró al oído que no pasaba nada, que enseguida se irían.

–¿Qué moros? ¿Qué quieres decir? –preguntó Ahmed, liberándose de la mano de su amigo.

–Unos moros –repitió el chico.

–Yo también soy moro –dijo Ahmed–, por eso te pregunto a qué «moros» te refieres.

–Quizá será mejor que nos marchemos –dijo el chico–. Ya volveremos otro día sin Ahmed.

Pero Ahmed insistió, recordando lo que le había dicho su padre.

–¿Acaso esperáis a algún «moro» para pegarle o asustarle? Porque si es así –dijo dirigiéndose al chico que había hablado–, lo tienes aquí delante. O sea que cuando quieras puedes empezar a pegarme.

Todos estaban al corriente de la fuerza que tenía Ahmed y de su capacidad en el deporte del boxeo.

–Eh, tío, no pasa nada... no sé de qué me hablas...

–Si tienes algo contra los inmigrantes árabes tienes algo contra mí. O sea que si lo quieres arreglar a puñetazos, podemos empezar ahora mismo –le invitó Ahmed, moviendo los puños como si estuviera a punto de iniciar un combate.

Justo en aquel instante un chico atravesó el parque. Llevaba una mochila e iba bastante deprisa. Cuando vio al grupo de Ahmed se detuvo, dio media vuelta y echó a correr. Ahmed pensó que el chico había reconocido al grupo de rufianes que, con certeza, debía de reunirse a menudo en el parque para asustarle, a él o a otros como él. Ahmed echó a correr tras el chico, que aún se asustó más al darse cuenta de que alguien le perseguía. Finalmente, al ver que el chico no se detenía, Ahmed gritó en árabe: «¡Détente! ¡Soy tunecino, y me llamo Ahmed! ¡Sólo quiero hablar contigo!» El chico que corría aminoró la marcha, sin detenerse del todo, y se volvió para comprobar si el rostro de la persona que lo seguía tenía facciones árabes. Ahmed alzó los brazos y dejó de correr, y el otro hizo lo mismo. Resoplando, ya fuera del parque y alejados de los compañeros de Ahmed, se acercaron y se miraron a los ojos.

–Soy tunecino –repitió Ahmed–. No pasa nada, chico. Lo siento si te he asustado.

—No sé quién eres —dijo el chico, jadeando—, a ti no te había visto nunca. Pero tus amigos circulan a menudo por aquí. Ellos sí que sé quiénes son y también sé qué hacen.

—¿Os asustan?

—¿Asustarnos? —el chico se llevó las manos a la cabeza. No, chico. No es solo asustarnos. Esos salvajes racistas golpean y hieren a los inmigrantes, como yo, a pobres, y a gays. Todos aquéllos a quienes consideran escoria social. Asimismo me lo dijeron el día que se me tiraron encima y me lincharon a patadas. Normalmente no atravieso el parque, pero tengo que dar un rodeo enorme si no paso por aquí. Ahora hacía semanas que no los veía, y por eso, desde hace un par de días, me atrevo a pasar —el chico detuvo el discurso para respirar, y después preguntó—: ¿Y cómo es que tú vas con ellos?

—Voy al mismo gimnasio. Sólo los conozco del gimnasio —medio mintió Ahmed.

—Pues deberías evitarlos. No tienen una idea muy favorable de gente como tú y como yo.

—Tal vez no sea como tú —se atrevió a decir Ahmed, queriendo marcar la diferencia entre él y un recién llegado.

El chico, que respiraba con las manos en la cintura y el cuerpo doblado un poco hacia adelante, se enderezó y le miró. Ahmed bajó la mirada. El chico asintió con un gesto de cabeza.

—Tengo que irme —murmuró, le dio la espalda y empezó a andar.

—¡Espera! —gritó Ahmed.

El chico se detuvo y se volvió. Ahmed se acercó.

–No tenía la intención de ofenderte. Soy árabe, como tú, pero nací aquí. Por eso decía que me siento más de aquí...

–Felicidades –le dijo el chico–. Si sentirse de aquí significa que te va bien ir con un grupo que se dedica a asaltar y apalear árabes... Quizá tengo razón, y no soy como tú, ni me interesa serlo. Adiós.

Ahmed oyó a su padre a través de la voz del chico. No estaba donde debería. Se estaba aliando con sus enemigos. Y podía evitarlo. Corrió tras el chico.

–Me llamo Ahmed. Te quiero dejar mi número de móvil y me gustaría que nos llamáramos para charlar. Te puedo enseñar la ciudad y presentarte a mi familia. ¿Estás solo aquí? Te podemos ayudar si necesitas algo...

El chico sonrió. Le dijo que se llamaba Hamir, que venía de Marruecos y que estaba viviendo en un centro de acogida de menores. Se intercambiaron los números de móvil.

–Los del gimnasio me tienen miedo –le confesó Ahmed antes de despedirse–, y por eso te aseguro que a partir de mañana podrás atravesar tranquilo el parque. Por ellos no te preocupes, te aseguro que no os molestarán nunca más.

Ahmed pensaba todo eso mientras esperaba en el andén. Y justo entonces recordó que había quedado con Hamir. ¡Se había olvidado por completo! Hacía una semana que habían hablado por teléfono y habían quedado para hoy. ¡Qué despiste! Ahmed y Hamir se habían hecho amigos desde el día en que se conocieron en el parque. Salían juntos de vez en cuando, pero no compartían amigos ni grupo. Tenían vidas muy diferentes, y en su caso, lo que más los unía era el hecho de ser árabes. A menudo discutían, porque no siempre veían las cosas de la misma forma. Según Ahmed, se notaba que Hamir había llegado hacía poco, y que lo había hecho de una manera tan peculiar que la vida en Barcelona le parecía dura y llena de tropiezos. Le desagradaban muchos aspectos de la cultura europea y le molestaba la actitud de mucha gente. Era algo intransigente, según cómo se mirara, y el padre de Ahmed tuvo que aceptar que Hamir tenía una mentalidad bastante cerrada, influido seguramente por los integristas árabes. Hamir había conocido a la familia de Ahmed y se habían entendido muy bien y, en las grandes ocasiones, siempre era invitado a compartir las comidas con ellos.

Ahmed sacó el móvil del bolsillo y llamó a su amigo.

−¡Eh, Hamir! ¡Soy yo! Perdona, me había olvidado por completo de nuestra cita...

−Me has hecho perder toda la tarde.

−Lo siento, de veras. Lo he olvidado... Me sabe mal.

−Qué le vamos a hacer, otra vez será...

Ahmed notó recelosa la voz de su interlocutor.

−Crees que lo he hecho a propósito, ¿verdad?

−Déjalo, Ahmed.

−Quieres hacerme sentir mal, ¿verdad? Por eso has llamado...

−Pero ¡si me has llamado tú!

Ahmed a menudo se ponía nervioso cuando hablaba con su amigo Hamir.

−Está bien, quedamos otro día. Lo siento.

−No importa. Ya te volveré a llamar. Ahora voy para casa.

Edad para trabajar

Hamir había esperado a Ahmed en el andén del metro, en la línea 3. Había esperado casi una hora. Se le habían acercado dos guardas de seguridad para preguntarle qué hacía allí y le habían pedido los papeles. Él les había mostrado el documento de la casa de acogida y los guardas se habían marchado. Como no tenía nada que hacer, se quedó un rato más sentado en el andén, mirando a la gente que entraba y salía de los vagones, igual que hacía cuando vivía en Fez, su ciudad natal en Marruecos, que se sentaba en la plaza de la Medina y veía a la gente pasar: los que vendían agua, los que arrastraban una burra cargada de telas para teñir, a las mujeres que iban al mercado, a los abuelos con sus elegantes chilabas, a los críos que anhelaban encontrar a algún turista a quien hacerle de guía por el laberinto de callejuelas. Los vendedores de alfombras, los tuaregs de paso por la ciudad, las jóvenes casaderas, los soldados...

La gente que salía del metro vestía muy diferente a la que atravesaba sin prisa la plaza de Fez. Las chilabas y los velos dejaban paso aquí a los abrigos largos, anoraks y americanas. Las miradas también eran distintas. En Fez la gente no se fijaba en él, era uno más: un niño sentado en la acera o apoyado en la fuente, o sentado en la terraza de la cafetería de su tío Mohamed. En el metro, en cambio, las miradas ofrecían un abanico de expresiones a veces opuestas. Había mujeres que estrechaban el bolso con fuerza contra su pecho cuando lo veían y otros que no podían reprimir una mueca de lástima, aunque Hamir iba bien vestido y aseado. Había miradas que no lo veían, que le pasaban por encima como si fuera una pieza más del mobiliario del metro. La gente de Fez tampoco se detenía a mirarle, pero la forma que tenían de «no verlo» era, aun así, muy diferente de aquella otra manera de mirar de los usuarios del metro. Tampoco encontraba bajo tierra, en Europa, aquella mirada interesada de los turistas que, maravillados, fotografiaban las calles y a los habitantes de su ciudad marroquí.

Y Hamir, ¿añoraba todo aquello? Él mismo se lo preguntaba a menudo. ¿Volvería a Fez ahora mismo si le pagaran un billete? No sabría qué responder. Estaba desencantado, eso era cierto, pero le quedaba la esperanza, que es la mejor gasolina para hacer funcionar la complicada máquina humana.

Hassan, un primo de Hamir, se había marchado de Fez hacía tres años. Durante un tiempo, su tía Zulema, la madre de Hassan, había sufrido de lo lindo al no recibir noticias de su hijo. La tía Zulema sabía que se había marchado de polizón en un barco mercante, y no había dado señales de vida desde entonces: no sabía si la llegada fue bien, ni siquiera a qué país había llegado. La tía Zulema lloraba cuando iba a visitarlos, porque temía que a Hassan lo hubieran devorado las aguas. Pero el caso es que justo cuando hacía un año y medio que había desaparecido, el fugitivo llegó a Fez conduciendo un coche nuevo con matrícula alemana y llevó un montón de regalos para toda la familia. La tía Zulema, al verle, le echó en cara su largo silencio, pero enseguida le perdonó y se maravilló de lo que había conseguido en tan poco tiempo fuera de casa. «¡Trabajando en Marruecos habría tardado años en ahorrar para poder comprar tantas cosas!», exclamaban los familiares.

La visión del coche cargado de regalos fascinó al pequeño Hamir. «¡Eso es lo que quiero yo! –pensó –. ¡Aquí está mi futuro!» Y para conseguirlo no se le ocurría nada mejor que imitar a Hassan y emigrar a Europa. No fue el único de la familia que tuvo la misma idea. Un mes después se marchó el primo Kamal, el hermano de Hassan, y medio año después lo hicieron Haziz y su mujer, Aixa, la hermana mayor de Hamir. No habían llegado noticias de ninguno, pero nadie sufría, porque sabían que tarde o temprano volverían a Fez cargados de regalos y dinero, como había hecho el afortunado Hassan.

El día que habló con su madre y le expuso su deseo de marcharse, Hamir estaba radiante. Su sueño podía hacerse realidad y no entendía la poca prisa de la madre.

–Eres demasiado joven, Hamir. Todavía eres un niño. Y no todos los que se marchan de aquí tienen tanta suerte como el primo Hassan.

–Pero, ¡sé que lo conseguiré! ¡Sé que trabajaré de lo lindo y volveré cargado de billetes para que te puedas construir una casa como es debido!

–La que tengo ya está bien, hijo mío –le decía su madre–. Ahora tienes que acabar los estudios y hacerte mayor. Todo llegará, debes tener paciencia.

Hamir era menor de edad y no solo era imposible que consiguiera un visado legal sino que tampoco podía pagar las sumas de dinero que cobraban los intermediarios que ayudaban a los marroquíes a pasar a España, Francia o Italia. En la escuela conoció a Medd, que le habló de los autocares y de los barcos que salían de Tánger. Si querían pasar la frontera, lo tenían que hacer a escondidas, bajo las ruedas de un camión, en el portaequipajes de un autocar o en el depósito de combustible de un barco. Y todo aquello era más fácil hacerlo desde Tánger, que estaba mucho más cerca de la frontera con España.

Hamir lo meditó mucho y no le contó nada a su madre ni a sus hermanos el día que, en lugar de ir a la escuela, se fue con Medd hasta Tánger. Los llevó un camionero amigo del hermano de Medd. Llegaron a la ciudad y se tuvieron que buscar la vida en la calle, a la espera de encontrar un escondite para abandonar Marruecos. No fue nada fácil. Hamir se pasó muchas noches rondando por el puerto de Tánger y esquivando a la policía aduanera y muchas otras, cerca de los hoteles de lujo y de los autocares que estaban aparcados en la calle. Cuando los vigilantes se despistaban o entraban al hotel a beber o a comer, docenas de niños de la edad de Hamir abandonaban el escondite de detrás de un árbol, o de debajo de un contenedor de desperdicios y se arrastraban hasta las partes más inaccesibles de los vehículos: se escurrían bajo la carrocería y, a tientas, buscaban un rincón donde encogerse o una barra de hierro dónde agarrarse, dispuestos incluso a hacer el trayecto ahorcados como monos en una barra situada a pocos centímetros del suelo. En las noches de Tánger había críos que lo habían probado tantas veces que se sabían todos los secretos y todos los mecanismos de los autocares y los barcos mercantes. En los bolsillos llevaban las herramientas básicas para atornillar y desatornillar, para limar o para hacer palanca.

Una noche estuvo a punto de conseguirlo. Se encontraba delante del hotel Ville de France y el chófer de un autocar con matrícula francesa fumaba apoyado en una farola, procurando que no se le colara ningún polizón bajo el vehículo. Pero aun así se colaron tres, tres pequeños marroquíes inquietos que, como sombras, serpentearon bajo la carrocería y se camuflaron en unos agujeros que encontraron cerca de las ruedas. El escondite era peligroso, todos lo sabían, porque en un descuido, la tracción del movimiento del coche te podía arrastrar bajo las ruedas y aplastarte. Pero tenía que intentarse. Y aquella noche uno de los tres niños se hirió sin querer con el tubo de escape mientras se subía, y como era aprensivo a la sangre, se mareó y desistió. Salió de debajo del autocar como pudo y se acercó gateando hacia allí donde esperaba escondido Hamir.

–¡Me he hecho daño! –se quejaba–. ¡Pruébalo tú! ¡Hay un buen agujero junto a las ruedas!

Y Hamir, arrastrándose, se acercó al vehículo, se coló por debajo y buscó el hueco. Sí, era un rincón oscuro, con un fuerte olor a gasolina, que podía esconder un cuerpo enrollado como el de una serpiente, si procurabas no moverte ni un pelo evitarías ser destrozado por las ruedas. Hamir había mirado el reloj antes de empezar la carrera: como mínimo le quedaban dos horas antes de que los turistas subieran al autocar, tiempo suficiente para acostumbrarse al espacio del escondite y encontrar la mejor postura.

A las siete de la mañana, con luz del día, Hamir escuchó un ruido e intuyó que los turistas dejaban las maletas en el portaequipajes. Se pegó fuerte al ángulo de un saliente, como había ensayado, pero de sopetón sintió un dolor espantoso en los riñones, y es que alguien le había hincado un golpe con un palo. Al mismo tiempo escuchó los gritos de los vigilantes, que, arrodillados junto al coche y armados con palos de madera, buscaban a los polizones que se les habían colado. Él no los veía, pero los otros a él sí, y le golpeaban en la espalda.

–¡Sal de ahí, malnacido! –le gritaban.

Y finalmente se rindió. Le abofetearon de lo lindo y le dieron una patada en el culo mientras huía atemorizado lejos del hotel.

–¡Después hay desgracias! ¡Después, malditos animales, os matáis en la carretera y es por nuestra culpa! –gritaban los trabajadores del hotel.

Hamir tuvo suerte tres semanas después. Se pudo colar en la bodega de un barco. Un marinero marroquí los vio, a él y a Medd, pero hizo la vista gorda.

El viaje fue terrible y agotador. Se escondieron detrás de unos tubos que desprendían mucho calor y un olor muy fuerte de carburante. Hamir durmió un buen rato, si no, no lo habría soportado. El barco atracó en Algeciras, pero tuvieron que esperar más de doce horas escondidos en aquella bodega. «¡Estamos en España!» se decían uno al otro para animarse.

Salieron cuando ya era de noche, y lo hicieron a través de una pequeña abertura circular. Saltaron a cubierta y se dirigieron a la proa del barco. Tuvieron que echar a correr cuando un guarda los descubrió. «¡Deteneos!», gritaba en árabe, pero ellos siguieron corriendo por la pasarela de madera hasta llegar al muelle. Habían quedado en que se separarían, que buscarían dónde esconderse y que se reencontrarían antes de que amaneciera. ¡Aquella aventura se hizo más larga que un día sin pan!

A Medd le habían dibujado un plano para poder llegar a un pueblo cercano a Algeciras. Allí les recogería un contacto que les explicaría cómo salir de la zona. El trayecto lo hicieron a pie y nunca por la carretera general, sino por caminos alternativos que corrían paralelos a la carretera. A partir de ese momento todo fue un poco más sencillo. Una abuela marroquí los acogió en su casa y les escuchaba, llorosa, mientras ellos le relataban las peripecias. «¡Qué pena!», exclamó la mujer, llevándose las manos a la cabeza. Los dos niños no entendieron por qué lo decía. Al fin y al cabo habían conseguido su objetivo: estaban sanos y salvos en Europa, y todo aquello que les tenía que suceder a partir de entonces a la fuerza tenía que ser mejor. Hamir, aquellas primeras noches, antes de dormir, pensaba en su madre y en sus hermanos. Él no haría como Hassan, que ni siquiera había telefoneado para decir que estaba bien. No, él llamaría al día siguiente a su madre, y ante todo le pediría perdón por haber huido a escondidas. «Te prometo –le diría– que pensaré en ti todos los días, mamá, y que trabajaré con ahínco para ahorrar mucho dinero y volver con vosotros lo antes posible.»

Dos días después, y escondidos entre la carga de un camión, llegaron a la gran ciudad. La mujer que los había acogido en Andalucía les proporcionó unas direcciones donde acudir y les encontró refugio. Allí se enteraron de algo que los dos desconocían: en aquel país no se podía trabajar si eras menor de edad. Estaba prohibido por la ley.

–¿Y qué haremos? –se preguntó, atónito, Hamir.

Él había abandonado a su familia y había arriesgado su vida para encontrar trabajo y trabajar. Y resultaba que no podía trabajar porque no tenía la edad. Ya sabía que era un inmigrante ilegal, que no tenía papeles, ni permiso de residencia ni nada. ¡Pero ahora resultaba que, para empezar, no tenía ni la edad! Se lo explicó a su madre por teléfono, y ella, llorando, le suplicó que volviera. ¡Cómo iba a volver con las manos vacías, después de todo lo que había hecho para atravesar el estrecho!

Se establecieron temporalmente en casa de una familia marroquí, y muy pronto decidieron buscarse la vida. Conocieron a unos niños de la calle que estaban en su misma situación, sin trabajo y sin la edad para trabajar. Se pasaron una semana vagando por las calles, pidiendo y acompañando a unos cuantos que sabían sobre robos. ¡Aquélla no era la vida que había soñado Hamir! Una noche, en una plaza del barrio del Raval, conoció a unos chicos que trabajaban en una ONG que ayudaban a los niños sin techo recién llegados.

–Tenéis que ir a un centro de acogida. Allí os darán una cama, comida y estudios. ¡No podéis vivir en la calle como los perros!

Y realmente así era como vivían, en la planta baja de una casa abandonada de los alrededores de la ciudad. Dormían sobre unos colchones roñosos y pasaban hambre y sed. Medd decidió que no quería ir a una casa de acogida, porque debía de ser como una cárcel: él había venido a ganar pasta, y ese era su objetivo. Hamir, quizá porque era de otro tipo, lloró muchas noches antes de echarse la mochila a la espalda y pidió ayuda a los chicos de la ONG.

Le acompañaron a un centro del servicio social donde acogían menores. Le explicaron sus derechos y sus deberes. Le darían una educación y le enseñarían un trabajo.

–Esto no es una cárcel, Hamir. Eres libre de hacer lo que quieras, aquí nadie está encerrado. Pero queremos lo mejor para ti, y pensamos –le dijo la asistenta social encargada– que, hoy por hoy, lo mejor para ti es tener un techo.

Un día, por la calle, conoció a Ahmed. Se habían hecho amigos y de vez en cuando iba a su casa. Hamir había cumplido diecisiete años, continuaba en la casa de acogida, pero ya trabajaba y ganaba un sueldo. Tenía los papeles casi arreglados y en verano iría a visitar a su madre y a sus hermanos, a quienes hacía casi dos años que no veía.

Hamir bajó en la parada donde tenía que hacer transbordo y se dirigió a la línea que le dejaba más cerca de la casa de acogida. ¡En su país no había visto nunca un tren subterráneo, y en cambio aquí, cada dos por tres subía en uno! Se lo explicó a su madre y a sus hermanos en una carta: «Estamos bajo tierra, como los topos, en cambio no da miedo, ni es oscuro. Al contrario: los pasillos subterráneos están muy iluminados y las paredes están recubiertas de baldosas. Hay carteles de cine, y anuncios de restaurantes y pizzerías.» Hamir, de pie en el andén de la estación, contemplaba uno de esos carteles a todo color, el de una marca de bebidas refrescantes, cuando se fijó en un niño oriental que lo miraba desde el andén de enfrente. Justo en ese momento pasó el metro entre ellos y ya no se vieron. «Este también viene de fuera», se dijo Hamir mientras subía al vagón. A través de los cristales vio llegar el metro que iba en dirección contraria y vio cómo el oriental subía. Los dos trenes estuvieron parados unos segundos, y enseguida se cerraron las puertas. Hamir, de pie en la plataforma de su vagón, observaba al chico oriental, que estaba de pie en la plataforma del suyo y también lo miraba.

Oriente-occidente

Zi Yang se sorprendió: «¡Ostras! ¡El moro!», y le miró hasta que el metro arrancó. No estaba muy seguro, pero le parecía que era él. Dos días antes, había ido al restaurante un joven a pedir trabajo y lo recibió la señora Hui Tze. Le escuchó, allí mismo, en la puerta de entrada, y enseguida le dijo que no necesitaban ningún lavaplatos, que ya eran suficientes trabajadores. A la señora Hui Tze no le gusta que en el restaurante trabaje gente que no sea china. «¡Bastante falta nos hace a nosotros el trabajo, como para ir contratando gente extranjera!» «Tú también eres extranjera» pensó Zi Yang, pero no se lo dijo, claro. La señora Hui Tze es la mujer del dueño y no se la puede enfadar.

«Quizá no lo era», se dijo el crío, y buscó un asiento vacío, porque el trayecto era largo. Había ido al puerto y llevaba la cámara guardada en la mochila. Cuando el dueño le da una tarde de fiesta, él agarra su cámara y se va a fotografiar la ciudad para poder enviar imágenes del lugar en el que vive a su prima, que todavía está en Zhejiang.

A Zi Yang se le hace cuesta arriba volver al trabajo cuando regresa de hacer fotos. Le gusta mucho la fotografía y no tiene suficiente enfocando y apretando el disparador, antes pasa un buen rato contemplando lo que quiere fotografiar, busca el encuadre idóneo, las mejores luces y las mejores sombras. En el metro ha visto, de vez en cuando, anuncios de escuelas de fotografía, y el día que ahorre hará la inscripción en uno de esos centros privados. Cree que allí no le pedirán papeles de residencia ni permisos de trabajo. «¡Mientras pague las cuotas...!»

Pero le llevará mucho tiempo ahorrar. ¡Y eso que tiene trabajo! Empezó el verano pasado, cuando acabó la escuela. No es que acabara la escuela. Lo que sucedió es que ya no fue más. Su padre le consiguió trabajo en el restaurante del señor Jing, donde todos son chinos como él. En la escuela iba con críos más jóvenes, porque sus padres habían falseado su edad cuando lo matricularon, pero aun así no entendía nada ni charlaba con nadie. Entraba a las nueve de mañana y pasaba todo el día haciendo como que escuchaba a aquellos profesores a quienes no entendía. Algunos compañeros le ayudaban, pero él no estaba muy inspirado para aprender: todo aquello no le interesaba en absoluto y muy de vez en cuando abría el diccionario chino-catalán que le habían regalado los del EAP.[5] La tutora se preocupaba

---

5. Equipo de asesoramiento psicopedagógico. Depende del Departament d'Ensenyament de la Generalitat.

por él, y se esforzaba para que aprendiera a expresarse. Él la recordaba con ternura: era una mujer con mucha paciencia. Se lo llevaba de la clase e iban al aula de informática, donde, sentados el uno al lado del otro delante de un ordenador, jugaban para aprender los números y las palabras. Zi Yang, como la mayoría de chinos, tenía facilidad para los números, pero las lenguas... Y en un país nuevo lo primero que tienes que aprender para comunicarte con los demás es la lengua.

También le sorprendía el comportamiento de sus compañeros de clase. Gritaban muchísimo, hablaban siempre en un tono de voz elevado, y muchas veces no respetaban al profesor, que se veía obligado a pedirles silencio un centenar de veces. Recordaba el profundo respeto que mostraban los alumnos de China cuando hablaba el profesor: sesenta alumnos en un aula completamente muda, completamente silenciosa y solo perturbada por la voz monótona del profesor que explicaba las lecciones. Otra cosa que fascinaba a Zi Yang era la proximidad corporal entre los compañeros de aula. Los abrazos, las sacudidas, los empujones, los besos en la mejilla... Incluso los profesores y profesoras le ponían la mano en el hombro cuando querían decirle alguna cosa, y los primeros días se asustaba por aquel roce repentino y rehuía a la persona, encogía el hombro y los demás se quedaban descolocados. Con el tiempo comprobó que allí la gente se entendía y se relacionaba de otra manera, y que era él quién tenía que acostumbrarse a la nueva manera de tratarse.

Cuando su padre decidió que no volvería a la escuela, los del EAP y el psicopedagogo del centro hablaron con la familia: sería conveniente que Zi Yang continuara su formación. Entonces se descubrió que el crío era mayor de lo que creían y por lo tanto ya no tenía ninguna obligación de asistir a las clases.

–Este verano has trabajado bien en el restaurante y la señora Hui Tze está dispuesta a contratarte también durante el invierno –le dijo su padre –. Me parece que es lo mejor que puedes hacer.

Y ¡andando, que es gerundio! La experiencia del verano no había sido totalmente positiva. ¡Qué hartón de trabajar! La encargada tenía un humor muy variable: podía estar muy contenta o muy enfadada, y cambiaba sin transición: pasaba de los gritos a la risa en un par de segundos, y Zi Yang nunca sabía en cuál de las dos fases se encontraba cuando veía que se dirigía hacia él para decirle algo.

Habían remodelado el local recientemente y no tenía el aspecto de los típicos restaurantes chinos: no había paredes tapizadas de color rojo ni zócalos con letras chinas, ni peceras, ni lámparas. Ahora era un restaurante de madera clara, con baldosas en el suelo e iluminación uniforme. Zi Yang se hartó de ir de arriba a abajo, vestido con una camisa blanca y unos pantalones negros, sirviendo sin cesar rollitos de primavera, sopa de pollo con champiñones, *chop suey* y lichis. Él mismo reconocía que el menú del restaurante era muy económico y la calidad era bastante buena. Lástima que los trabajadores no pudieran disfrutar de las facultades culinarias de los cocineros, ya que a la hora de comer no los dejaban escoger plato, sino que comían siempre lo mismo: arroz tres delicias.

Zi Yang no lo entendía en absoluto: entraba en la cocina, veía todo lo que habían preparado, calculaba la cantidad que sobraría después de atender a la clientela, y a la hora de sentarse a comer sólo le servían el arroz. Un día se sintió con ánimos de preguntárselo a la encargada.

–¿Por qué cada día comemos lo mismo? ¿No ha sobrado nada en la cocina?

La señora Hui Tze mantuvo inmóvil el tenedor durante unos segundos y le echó una mirada que asustaba. No abrió la boca; continuó comiendo y, antes del postre, comentó en voz alta que la gente que tuviera algo en contra del sistema según el que funcionaba el establecimiento, ya podía recoger la liquidación y marcharse para casa. Zi Yang supuso que aquello se dirigía a él y calló.

Por la noche iba a su casa a dormir. Acababa de trabajar cuando terminaba de recoger el menaje de la cena y las mesas estaban preparadas para el día siguiente; luego, tenía que andar un buen tramo hasta la parada del bus nocturno que le llevaba a su barrio. Los demás trabajadores, dos mujeres y un chico joven como él, se quedaban a dormir en el restaurante. La encargada disponía tres colchones en la misma despensa donde guardaban los alimentos y allí dormían los tres pobres desgraciados. Esta vida tan dura solo se aguanta si la vida anterior había sido todavía peor. Si en tu pueblo no tienes dónde vivir ni dónde trabajar, o si hay gente que no te permite hacerlo. Eso lo pensaba a menudo

Zi Yang, sobre todo desde que se dio cuenta de la situación de su familia, que eran inmigrantes en un país extranjero y extraño al mismo tiempo. Un país que vivía tan deprisa que no dejaba tiempo ni espacio para la contemplación o el pensamiento. Él veía cómo habían cambiado sus padres. Su madre ya no disponía de tiempo para hacer las cosas, todo lo tenía que terminar rápidamente. Y en el restaurante la gente venía a comer, sobre todo los días laborables, con prisa: comían, tomaban café y volvían al trabajo. Por eso la cocinera y el cocinero tenían que ir deprisa, y los camareros servir deprisa, y la chica de los platos lavar deprisa. «¡Qué ritmo de vida tan acelerado!», pensaba Zi Yang, que pasaba mucho rato contemplando las vistas y los paisajes antes de sacar una foto. Pero ahora vivía en Barcelona y, aunque le costara, se tenía que integrar al nuevo ritmo occidental. Él, por lo menos, había sufrido una integración escalonada, o sea, poco a poco, no como la pobre tía Sun Pei, que había llegado hacía solo tres semanas y lo había hecho de una manera bastante alocada...

La tía Sun Pei provenía de la provincia de Zhejiang, como la mayoría de chinos que viven en Cataluña. Venía directamente del pueblo donde siempre había vivido y del que casi nunca había salido. Hace un año enviudó, se quedó sin el negocio de su marido y decidió irse a vivir con su hermana pequeña, la madre de Zi Yang. Había conseguido un visado y un billete de avión, y tenía muchas ganas de reencontrarse con la familia. La tía Sun Pei siempre había sido una mujer emprendedora y valiente, y por eso no le asustó viajar sola. «Pero ¡no hablas la lengua de aquí! –le advertía su hermana por teléfono– ni hablas inglés! ¡Ya me explicarás cómo lo vas a hacer!» Pero la tía le dijo que no se preocupara. Su padre pidió un par de horas libres en el trabajo para ir a recogerla al aeropuerto, pero el avión llegó con más de tres horas de retraso y no pudo esperarla. «¡He tenido que volver al trabajo! –le explicó a su mujer por teléfono–. Espero que tu hermana sepa espabilarse para llegar hasta el restaurante en el que trabajas. ¿Le diste bien la dirección?», y su mujer, la madre de Zi Yang, le aseguró que sí, que lo había deletreado, que Sun se lo había apuntado bien. «¡Pues esperemos que tenga suerte y se sepa apañar!» La madre telefoneó al restaurante en el que trabajaba su hijo y le preguntó a la encargada si sería tan amable de dejar un par de horas libres a Zi Yang para ir a recoger a su tía al aeropuerto. «¡No se me puede avisar con tan poca antelación, señora Yang! –se enfadó la encargada–. Zi Yang tiene mucho trabajo esta noche. ¡Tengo el restaurante lleno a rebosar!» La madre de Zi Yang sufría por su hermana. «¡Pobre! ¡Sola! ¡Ella que nunca ha salido del pueblo!», pensaba, pero ella tampoco podía zafarse del trabajo y no podía enviar a nadie más. «¡Esperemos que llegue!»

La tía Sun Pei llegó al aeropuerto y no encontró a nadie. Esperó más de una hora, pero no acudió nadie. Llevaba yuanes,[6] pero ninguna moneda de aquí y no sabía cómo cambiarlos para hablar por teléfono. Además, iba cargada como una mula. La valentía y desenvoltura de la tía Sun Pei no desfallecieron ante aquella caótica situación. ¡Algo tendría que hacer! Encontró una oficina de cambio de

---

6. Unidad monetaria de China.

moneda abierta a aquellas horas y allí le cambiaron unos cuantos yuanes por euros. Después fue a información y mostró la dirección que le había dictado su hermana por teléfono. Le costó hacerse entender, pero finalmente la chica que se sentaba detrás del mostrador le explicó, como pudo, que aquella dirección era de Barcelona, que tenía que coger un bus o un taxi. Que estaba lejos. Eso sí que lo entendió la mujer, que se asustó más todavía, porque fuera ya era de noche. La chica de información, muy servicial, la acompañó a la parada del autobús y le dijo al chófer que esperaba sentado al volante que le vendiera un billete a aquella pobre mujer, que no sabía hablar catalán ni castellano y que tenía que ir a la ciudad. El chófer la ayudó a contar los euros y a cargar todo el equipaje. En cada parada que hacía el chófer, la tía Sun Pei se le acercaba y le mostraba la dirección del restaurante de su hermana, y el hombre le hacía un gesto negativo con la cabeza. «Aún no». Hasta que llegaron a plaza Cataluña, y entonces le hizo un gesto afirmativo, aquel era el final del trayecto. La tía se encontró ante El Corte Inglés cerrado, sola, cargada, cansada y sin saber qué hacer.

Entre tanto, el padre de Zi terminó de trabajar y volvió al aeropuerto. Su mujer lo había telefoneado para anunciarle que no había recibido noticias de su hermana. El padre de Zi dio vueltas y más vueltas por las instalaciones del Prat, pero no encontró ni rastro de la recién llegada, a pesar de haber comprobado que el avión procedente de Shanghai había aterrizado hacía un par de horas sin problemas.

La tía Sun Pei se acercó a una cabina de teléfono. Primero no sabía cuánto dinero costaba la llamada; después no supo qué número marcar, porque el número que tenía era el que marcaba desde China, y para llamar desde la ciudad se tenían que eliminar los primeros dígitos. Finalmente lo consiguió, pero con tan mala suerte que el teléfono lo cogió el chico que lavaba platos en el restaurante, que no era chino, sino de l'Hospitalet, y que no entendía nada de lo que le decía aquella mujer que llamaba desesperada desde el otro lado de la línea. «Un momento, señora –le decía– voy a avisar a alguien que hable chino.» Pero en aquel momento todos estaban en el comedor de arriba (el restaurante tenía dos pisos) y un camarero pakistaní intentó entender a la mujer sin éxito. Finalmente colgaron, y la tía Sun Pei se quedó plantada en la cabina, con todo el cargamento, escuchando los pip-pip-pip de la comunicación interrumpida.

Mostró la dirección a una señora que pasaba, que le indicó con señas que aquello estaba lejos de allí, que tenía que coger un taxi o el metro. La tía Sun Pei la asía con fuerza del brazo y no la quería soltar, le decía, en chino, claro, que no la entendía, y le suplicaba que por favor la ayudara. La señora se asustó un poco y de un tirón se liberó de las manos que la sujetaban como zarpas, y huyó corriendo. La pobre tía Sun estaba desesperada.

A todo esto, se le acercó un grupo de punkis. La tía no había visto un punki en su vida y pensó que le querían robar. Se cargó las bolsas como pudo y se escondió tras un contenedor. Desde allí vio pasar al grupo de jóvenes con crestas, pelo pintado, pendientes en la nariz y en las cejas, y cadenas de hierro que colgaban por encima de las cazadoras y los pantalones. Llevaban botas altas de piel, como los militares del ejército e iban sin afeitar. La tía, mareada y temblorosa detrás del contenedor, pensó que si todo Occidente era como aquello, mejor habría sido quedarse en su pueblo en Zhejiang, más feliz que unas pascuas. Por miedo a que los punkis volvieran para robarle, se quedó media hora agachada detrás del contenedor. ¡Qué peste emanaba de allí! ¡Y seguro que se le estaba impregnando toda la ropa de aquel hedor! De hecho lo pudo comprobar cuando, al abordar a una mujer que pasaba por allí para mostrarle la dirección, ésta huyó aterrorizada, a todo correr, con cara de pánico. ¡Qué susto! ¡Atacada por una mujer china que apestaba y que había aparecido de detrás de un contenedor de basura!

Aquella fue la gota que colmó el vaso. La tía Sun Pei se echó a llorar desconsolada y caminó unos metros hasta otra calle. Ya no sabía dónde estaba, ni dónde la había dejado el bus, ni si tenía que ir hacia arriba o hacia abajo. Lloraba mientras arrastraba las bolsas y las maletas, y la poca gente que pasaba por la calle a aquellas horas la miraba sin decir nada. Se sentó en un banco, con las bolsas entre sus pies, y esperó un rato sin cesar de llorar. «¡Con lo bien que estaba en mi casa! ¡Quien me mandaría venir aquí! ¿Y si no salgo y tengo que pasar la noche al raso? ¿Es que no hay ningún otro chino en Barcelona?», se preguntaba, porque desde que había llegado no había visto a nadie de su raza. ¡Y ya es mala suerte! ¡Con la de restaurantes chinos que hay en la ciudad!

Pero empezaba a tener frío, acusaba el cansancio del viaje y volvía a tener miedo de los punkis, que habían vuelto a pasar hacía un rato... ¡No podía ser! Llamó de nuevo al restaurante, y se dio cuenta de que casi no le quedaban monedas. Descolgó otra vez un occidental y no se entendieron. Abatida y rendida, decidió atacar sin más contemplaciones. «¡Al primero que pase le pido, como pueda, que telefonee a este número de mi parte!», decidió. Y los primeros que volvieron a pasar fueron, mira tú por dónde, los punkis de las crestas de colores. La tía Sun Pei se quería morir, pero tenía que aceptar que aquélla era la voluntad del destino, y que si aquellos chicos tan extraños ya habían pasado dos veces sin hacerle nada, no tenían por qué hacérselo ahora, cuando el destino los había puesto en su camino para ayudarla. La tía Sun Pei creía mucho en el destino y los preceptos de la filosofía oriental. O sea que, haciendo de tripas corazón y llorando como una magdalena, se lanzó desesperada contra el chico de la cresta más alta, que iba cargado de agujeros en la nariz y en las orejas, y lo arrastró hacia la cabina. Los demás jóvenes se quedaron impresionados de la fuerza de aquella mujer china tan bajita, y se echaron a reír. Las lágrimas de la tía Sun no se detenían y finalmente consiguió descolgar el auricular del teléfono y alargárselo al joven. A continuación le dio el papel con el número y la dirección y le mostró el fajo de euros que llevaba en el bolsillo, para dejarle claro que, si era necesario, le daría todo lo que llevaba, pero que le hiciera el favor de telefonear y hablar con la persona que descolgara el auricular. Todo eso costó hacerlo entender y uno de los punkis, que lucía el tatuaje de un dragón en el cuello, parecía tener más miedo de la tía Sun Pei que ella de él. Nunca se había encontrado con una mujer tan menuda que gritara de aquella manera, tan nerviosa y desesperada, que, mientras ellos discutían sobre cómo actuar, les propinaba golpes en la cabeza con el auricular del teléfono descolgado y ellos tenían que protegerse cubriéndose con los brazos. Finalmente el joven de la cresta y los *piercings* cogió el auricular de manos de la tía Sun, marcó el número y habló con alguien en una lengua que la tía no entendía. El joven hablaba y consultaba el papel con la dirección y simulaba que se entendía con el interlocutor. Cuando acabó de hablar, la tía lo miró a los ojos y le volvió a ofrecer el manojo de billetes. El chico habló con los compañeros y cogieron los paquetes de la tía Sun Pei, que se puso a gritar y a propinarles más golpes y patadas, porque creía que le robaban. Pero el que había hablado por teléfono le hizo un gesto para que se tranquilizara, y con el brazo alzado detuvo un taxi que pasaba.

La primera imagen que recibieron Zi Yang y sus padres de la tía en Barcelona, fue verla bajar de un taxi acompañada de cuatro punkis con cresta y cadenas que cargaban sus paquetes. La mujer sonrió al reconocer a la familia, aliviada finalmente después de la terrible experiencia en la ciudad desconocida. Zi Yang y sus padres la esperaban a la entrada del restaurante donde trabajaba la madre y se quedaron boquiabiertos al verla aparecer con aquella extraña comitiva. «Pero, ¿quiénes son estos, hermana?», preguntó la madre de Zi Yang mientras los chicos dejaban los paquetes en el suelo y daban la mano a la tía.

Resulta que el chico había hablado con el camarero del restaurante y le había explicado que una mujer desesperada le había pedido llamar a aquel número. Preguntó si alguien del restaurante esperaba la llegada de una mujer china cargada de paquetes, y entonces el camarero se lo preguntó a los trabajadores, y la madre de Zi Yang había acudido deprisa. «¡Sí, sí, es mi hermana, que llega de China y se ha perdido!» El camarero explicó al chico cómo llegar al restaurante. El padre de Zi Yang agradeció el favor al grupo de jóvenes y les pagó el taxi de vuelta al centro de Barcelona.

−¡No podía ni imaginarme que vivir en Barcelona fuera tan complicado! −explicaba la tía Sun Pei, mientras iban a casa con las maletas, y Zi Yang se moría de la risa al escuchar la historia.

Zi Yang volvía a reír ahora, en el metro, recordando el episodio. ¡La tía Sun Pei se tendría que acostumbrar deprisa a la vida occidental! No le quedaba otro remedio.

Y consultó el reloj. «¡Ostras! ¡Aun llegaré tarde al trabajo!», pensó mientras salía del vagón y atravesaba corriendo el pasillo para hacer transbordo a la otra línea. Tuvo que esquivar una procesión de escolares que, acompañados de los profesores, avanzaban en fila india, cogidos de las manos por parejas, tratando de no perderse por el laberinto subterráneo del transporte metropolitano.

La *pubilla* catalana

A Beny todo aquello le parecía maravilloso. Barcelona era fantástica, enorme, gigante, fascinante... y mil adjetivos más. El metro mismo. ¡Qué anchura! ¡Qué iluminación! ¡Y cuánta gente había! Los profesores que los acompañaban se tenían que detener cada dos por tres delante de los paneles informativos para averiguar qué línea tenían que coger o en qué parada tenían que bajar. En cambio toda aquella gente del metro iba deprisa y sin mirar nada. ¡Se lo sabían de memoria!

–¿Y no se lían, con tantas líneas de colores? –preguntó Ariadna a la señorita Pilar.

–No mujer. Lo hacen cada día, y ya se lo saben ¿Tú sabrías ir a la Raval Nueva desde la calle Mayor?

–¡Claro! –respondió Ariadna.

–Pues eso que a ti te resulta tan sencillo, les ocurre a la gente de Barcelona con el metro.

Beny había escuchado la conversación, porque iba de la mano de Ariadna. Los maestros les hacían andar por parejas, tanto si iban en metro como si caminaban por las calles de la ciudad. Primero iba la señorita Pilar, después las parejas de niños y niñas, siete parejas; después la señorita Cinta, después ocho parejas de niños y niñas más, y finalmente Manel, el profe de educación física, cerraba la comitiva. Y es que en Barcelona se tiene que ir así, todos los niños y niñas de la mano para no perderse, porque la ciudad es tan grande que si te despistas ya no encuentras a nadie. ¡Y a ver cómo se arregla eso! ¡Si te pierdes, quizá no te encuentren nunca más! Eso lo había dicho Ariadna, pero a Beny le parecía un poco exagerado.

–A ti quizá te encontrarían antes, porque eres negrita, y negritas no hay tantas, pero seguro que tardarían más de un día en encontrarte –le había dicho su compañera en el autocar que las llevó aquella mañana de Roquetes a Barcelona.

Salieron a las siete de la mañana del pueblo, y todos los niños y niñas habían madrugado. La madre de Beny se levanta siempre muy temprano porque entra a trabajar pronto en la fábrica de Tortosa, y aquella mañana habían desayunado juntas, madre e hija, y habían preparado la mochila con los bocadillos y la lata de bebida. Toda su clase iba a Barcelona a ver edificios de un señor que se llamaba Gaudí y habían comido en el Parque Güell, sentados en un banco de azulejos. Después, en el metro, habían ido al centro, al paseo de Gracia, y aquello de los pasillos subterráneos impresionó a los niños. Beny no tenía ojos suficientes como para fijarse en todo, y le faltaban manos para no perder la de Ariadna. En el pueblo no hay nunca tanta gente, ni sótanos iluminados decorados con pósteres gigantes de películas. En el pueblo las calles son más estrechas, las casas más bajas y los parques más sencillos que el de Gaudí.

Los padres de Beny se habían instalado en el Baix Ebre, y provenían de Costa de Marfil, un país africano. Beny había nacido en Roquetes y siempre había vivido allí. Cuando era pequeña se dio cuenta de que ella y su hermano eran diferentes de los demás niños, porque tenían un color de piel mucho más oscuro. De hecho era el color de la piel de sus padres, y no había nadie más en el pueblo tan oscuro como su familia. También descubrió muy pronto que la lengua que se hablaba en casa no era la misma que se hablaba en la calle y en la escuela, y que ella y su hermano podían mantener conversaciones sin que los demás les entendieran. Los padres les habían advertido:

–Esta lengua es la que hablamos en casa, pero fuera debéis esforzaros y hablar en catalán, como todo el mundo. Habéis nacido aquí, y por lo tanto os tenéis que integrar en vuestra sociedad.

–Pero es *díver* hacerlo, porque nadie entiende qué decimos –alegaba su hermano.

–Sí, quizá sea divertido y os permita tener secretos o hacer comentarios por lo bajo, pero no hay que abrir ninguna puerta a la automarginación –decía su madre.

–¿Y eso qué es?

–Pues se trata de huir un poco de las cosas que os han preocupado a veces. Como ese día que llegaste llorando a casa, Beny, porque un niño te había dicho aquello de los monos; o ese otro día que una señora os llamó no sé qué de vuestra piel y no os quiso dar lo que les dió a los demás. O aquel otro niño que te dijo que apestabas, Jan, y eso que siempre vas muy limpio, hijo mío. Cuando vuestro padre y yo llegamos al pueblo –explicó la madre–, aquí no vivía ningún africano. Fuimos los primeros. Y los vecinos nos miraron de una manera extraña cuando finalmente encontramos el piso, que costó encontrar. Y también fue difícil buscar trabajo. Todo eso no pasa porque nosotros no hagamos las cosas bien; nosotros cuidamos el piso tan bien como los demás, y realizamos el trabajo lo mejor que sabemos. Pero somos diferentes, de piel y de cultura, y eso predispone a la gente de aquí a pensar que no somos como ellos y que no hacemos las cosas como ellos. Pero ahora ya nos conocen y nos tratan como ciudadanos y vecinos, y vosotros vais a la escuela con sus hijos y habláis su misma lengua. Ahora todo funciona, por eso es importante que recordéis que vivís en este pueblo y en esta cultura, y que mantener la nuestra es un lujo y una riqueza que los otros no tienen, pero que nos afecta solo a nosotros, dentro de casa y en el núcleo familiar.

Hace unos meses tuvo lugar un episodio que alegró a la madre, pero que al mismo tiempo inquietó al padre. Llegó un señor del ayuntamiento y les dijo que quería hablar con ellos sobre su hija Beny. El padre estaba en el campo, trabajando, y en casa solo estaba la madre. El piso es suficientemente pequeño como para que Beny escuchara claramente la demanda de aquel hombre, aunque no estaba en la misma habitación.

–¿Ha hecho algo? –preguntó, extrañada, la madre.

–Bueno, sí –dijo el hombre muy contento–. Ha cumplido ocho años. Y las niñas que cumplen ocho años optan a ser *pubillas* del pueblo. ¿Eso ya lo debéis saber, no?

Lo sabían. Cada verano, a principios de julio, durante las fiestas del pueblo, se proclamaban las *pubillas* de dieciocho años y las *pubilletas* de ocho. Cada organización, patronato o entidad del pueblo escogía a una niña que los representaba durante el desfile, el baile, las ofrendas y el resto de actos programados.

–Pues el ayuntamiento ha recibido la propuesta de nombrar *pubilleta* a Beny. Os vengo a preguntar qué os parece la idea.

«¿*Pubilla*? ¿Yo, *pubilla*?», se preguntó Beny, sorprendida, desde su habitación.

–La pubilla y la pubilleta –continuó el señor– simbolizan a la mujer de aquí, son un poco el barómetro de la población femenina. Beny es morena y es de raíces africanas. Pero nació aquí y de alguna manera representa a nuestra sociedad actual. ¿No creéis?

La madre asintió con la cabeza, pero no parecía muy convencida.

–O sea, que queréis que Beny se vista de *pubilla* roquetenca y vaya al desfile y al baile, con el traje de noche y la banda...

–Claro, que participe en todos los actos, como hacen cada año las *pubillas*.

El hombre hablaba en serio, y no ponía ninguna cara extraña como la madre de Beny, a quien le entraba la risa solo de imaginarse a su hija vestida de campesina catalana y del brazo del alcalde.

–Ay... pues no sé, señor... ay... es que me sorprende... –tartamudeaba y se esforzaba para no echarse a reír.

–¿Y si hablamos con la interesada? –propuso el hombre.

Beny entró en el comedor, apretó la mano que el hombre le ofrecía y escuchó la propuesta que ya había escuchado.

–¿Y ya se lo ha preguntado a las demás niñas de ocho años? –le preguntó.

–¡Por supuesto! Todas las candidatas son de tu clase, claro. Cada entidad ha realizado una sugerencia, y ahora tenemos que concretar quiénes serán las seleccionadas. ¿Conoces a Muntsa?

–Claro –dijo Beny–. Es mi amiga.

–Pues Muntsa será *pubilleta* de la Lira Roquetense.

–¡Vaya! –exclamó Beny.

–Pero eso no es nada –le confesó el hombre guiñándole el ojo–. A ti te proponemos como *pubilleta* mayor. ¡La más importante!

Beny se quedó boquiabierta, y lo mismo le pasó a su madre. Acordaron que lo consultarían con su padre y que al día siguiente dirían algo al Ayuntamiento. Cuando el hombre se fue, madre e hija se sentaron una al lado de la otra en el sofá y se miraron sin mediar palabra. Después a Beny se le escapó una mueca y las dos se echaron a reír como dos desesperadas.

El padre recibió la noticia durante la cena. Se quedó con el tenedor a medio camino entre el plato y la boca. El hermano también se quedó pasmado.

–¿Serás la miss del pueblo? –preguntó finalmente.

–Miss, no, niño. ¡*Pubilleta*!

–Pero, ¿llevará la banda y repartirá el panoli como las demás?

–¡Claro! –dijo la madre–. ¡Vestida como una princesa abrirá el baile de noche el día de fiesta mayor!

Jan miró a su hermana, que seguía pendiente de la boca abierta de su padre y de aquel tenedor parado a medio trayecto.

–¿Es una broma? –se atrevió a preguntar el hombre.

–No es ninguna broma, papá. Me quieren hacer la *pubilleta* mayor. Falta que tú digas que sí.

–Pero... si tú... si nosotros... si yo...

Y la madre se echó a reír de nuevo.

–¡Tú también haces de rey Baltasar el día de la cabalgata!

–¡Pero es diferente!

Aquella noche, cuando los niños estuvieron en la cama, padre y madre decidieron que Beny sería la *pubilleta* más morena de la historia del pueblo. La modista ya le estaba preparando los dos trajes habituales, el tradicional y el de noche, éste último blanco y largo hasta los pies, con el que, el día del baile, desfilaría del brazo del alcalde y bailaría un vals. Ya había empezado a ensayar los sábados después del recreo con un compañero de clase y también alguna tarde en casa, con su madre: las dos, como las parejas de baile, intentaban coreografiar un vals con la ayuda

relativa de una cinta de casete de música africana. Vueltas y más vueltas, de la cocina al comedor, hasta que les vencían las ganas de reír y se tenían que sentar, medio mareadas, en el sofá del comedor.

Pensando en eso, y de la mano de Ariadna mientras atravesaban aquel pasillo iluminado del metro de Barcelona, Beny se quedó encantada ante la publicidad de una casa de vestidos de novia que mostraba una mujer joven y rubia que lucía uno muy largo. Ariadna tuvo que tirar de su brazo, ya que la señorita Cinta se quejaba de la lentitud de la comitiva. «¡No os encantéis, chicas, que perderemos el metro!» Llegaron al andén y, mientras esperaban el convoy, las parejas de niños y niñas permanecían arrimados a la pared.

La torre de vidrio

Claudia, cogida de la mano de su madre, pasó por delante de un grupo de escolares.

–¡Mira esos niños que van de excursión que bien se portan! –exclamó su madre después de evaluar el orden y el comportamiento de los niños. Claudia, sin embargo, se fijó sobre todo en una de las niñas, que tenía un color de piel parecido al suyo, un poco más oscuro, quizá. Se intercambiaron una sonrisa. Claudia oía a su madre, que elogiaba el buen trabajo de los maestros que conseguían que la chiquillería se portara bien.

–Me gustaría, Claudia –dijo la madre cuando ya habían avanzado–, que algún día tu maestra me llamara para explicarme cosas buenas sobre ti, y no como hasta ahora, que cada vez que me telefonea es para quejarse.

–¡Cuando vamos de excursión también me porto bien! –replicó la niña.

–Quizá cuando vais de excursión sí pero, ¿y el resto del año? ¿O es que te gustaría vivir en una excursión perpetua? «Pues sí, por qué no», se dijo la niña. Volvió los ojos para observar, una vez más, a la negrita del grupo, que llevaba las múltiples trenzas atadas con bolitas de colores que a ella le gustaría lucir, pero que la madre le tenía totalmente prohibido. «Un día iré a la peluquería sola y le diré a la peluquera que me lo haga, sin el permiso de mamá. ¡Ahorraré para hacerme las trencitas! ¡Vaya si lo haré!» Pensó que recibiría una regañina e incluso un castigo cuando llegara a casa. ¡Ya se podía preparar! Ella no tenía la intención de portarse mal, pero las cosas le salían siempre de una manera que disgustaba a su madre. ¡Qué le vamos a hacer! A veces pensaba que se trataba de un problema de carácter o de personalidad. Incluso podía tratarse de un problema de sangre: Claudia era adoptada y, a menudo, se preguntaba si realmente su madre no se habría equivocado cuando la adoptó a ella. «Quizá heredé este carácter de mis padres biológicos. Y la pobre mamá sufre, porque es de otra manera. Tenemos puntos de vista diferentes y no nos entendemos.» Un día expuso sus sospechas a su tutora. «¿A qué edad te adoptó tu madre?», le preguntó. Claudia dijo la verdad: su madre la fue a buscar a Mozambique cuando ella solo tenía seis meses. «Entonces –dijo la tutora– te ha educado ella. No tiene sentido lo que me explicas. ¡Un niño o una niña crecen según la educación que reciben, y tú has recibido la educación que te ha dado tu madre desde que eras pequeña!»

–Pero, ¡a saber si me han quedado restos de cuando nací en África! –opinaba Claudia.

–Podría ser –admitió la tutora–, pero en ese caso son causas genéticas, no de carácter o educativas. Tú eres catalana, Claudia; has nacido fuera pero tu madre te ha criado y has sido educada en Cataluña. ¡Lo que tienes que hacer es intentar portarte mejor y no hacer enfadar tan a menudo a tu madre y los maestros!

¡Pero le costaba! ¡Vaya si le costaba!

La madre de Claudia había decidido tener un hijo. Era soltera, pero quería cuidar y educar a un hijo. Así pues, decidió adoptar a uno. Buscó información, se puso en contacto con departamentos gubernamentales encargados del tema, y finalmente decidió adoptar a un bebé de Mozambique, país en el que, por diversas referencias que había obtenido, parecía tener más agilidad en el proceso de adopción por parte de mujeres que estaban solas. Tuvo que demostrar que tenía un trabajo fijo y que vivía en un piso de propiedad. Hizo todas las gestiones desde Barcelona, y recibió relativamente pronto la confirmación de que se iniciaba el proceso legal de adopción. Le notificaron que le había sido otorgada una niña y conoció a Claudia por fotos, a través de Internet. Y no solo le enviaron una foto, sino que periódicamente le enviaban imágenes de la evolución de su hija que no había tenido todavía entre sus manos. Después de un año de haber iniciado el proceso, viajó a Mozambique para formalizar la adopción y llevarse a la niña.

Claudia no tiene recuerdos de su país natal, pero como señal evidente de su procedencia le queda el color de piel. Tiene unos abuelos muy amorosos y una madre que la quiere mucho. El caso es que cuando, en la escuela, los niños hablan de su padre, ella dice que no tiene, y cuando hablan de las razas, ella dice que es negra. Lo tiene muy claro. La madre se lo explicó todo cuando era pequeña, ya que muy pronto Claudia observó que el resto de niños y niñas del jardín de infancia no eran como ella. Su madre le mostró un mapa del mundo y le señaló dónde estaba África, y después le mostró otro mapa pero de África y le señaló dónde estaba Mozambique, el país en el que ella había nacido y adonde la madre la había ido a buscar cuando tenía solo seis meses. «Allí –le explicó su madre– todo el mundo tiene tu mismo color de piel. Tus padres biológicos también.» Claudia le preguntó a su madre si podía ser que sus padres biológicos no la quisieran; y su madre, aunque no lo sabía a ciencia cierta, le explicó que Mozambique no era un país rico como el nuestro, y que a veces un hijo es una carga para una familia que ya tiene muchos, y que carece de dinero y trabajo. «No puedes juzgarlos desde aquí, porque la vida allí no es como aquí. Sus razones debieron de tener, Claudia.»

Ya de muy pequeña, la niña era movidita y rebelde. Era la líder en los juegos y quien cortaba el bacalao cuando se juntaba con otros niños y niñas pequeños. La abuela la llevaba al parque y era testigo de cómo su nieta morenita llevaba la voz cantante en los juegos, y las demás madres y abuelas la miraban, ceñudas, sin decir nada. Claudia también se soltaba de la mano de vez en cuando, y no era de extrañar que alguno de sus compañeros o compañeras de juego recibieran una torta o un estirón de pelo por su parte. «¡Esta chiquilla es un demonio!», le había oído decir más de una vez a la abuela cuando el niño o la niña que había recibido la torta se iba llorando hacia los brazos de su madre o abuela. «¡A ver si la educa un poco, señora! ¡Es una salvaje!» La abuela siempre la defendía, y decía que era cosa de niños, pero la madre de Claudia no lo tenía tan claro. «Esta hija mía me ha salido violenta. ¡Le gusta pegar!» Tuvo problemas en la guardería y después en la escuela, y por eso la madre, haciendo caso de la señorita, la llevó a una psicóloga. Resultó que la niña era hiperactiva y que se tendría que medicar. Aparte, claro, tenía que cambiar la actitud y los hábitos. La madre tenía que poner de su parte y Claudia también. Le costaba concentrarse y relajarse. Andaba inquieta todo el día, e iba de un lado a otro como si no pudiera detenerse nunca. Tenía prisa por acabar los trabajos, se aburría enseguida de los juegos y necesitaba una estimulación constante. Las profesoras le confesaron a la madre que aquella era la enfermedad del siglo XXI, y que un niño hiperactivo en clase era un problema. Con el paso de los años la situación menguó un poco y ahora Claudia ya no se medicaba. «Buena niña no eres –se quejaba su madre– y parece que no lo llegarás a ser nunca. Y no sabes cómo me asusta el futuro inmediato, ¡con esta preadolescencia tan ajetreada!» Claudia insistía en sus raíces africanas. Alegaba que quizá tenía un instinto de aventurera, de niña salvaje, de vida libre sin los cinturones que te pone la vida occidental. «¡Tonterías! –le solía decir su madre–. ¡Lo que tienes que hacer es obedecer y ser buena!»

Dos días atrás había sido su cumpleaños y su madre invitó a un grupo de niños y niñas amigos suyos. Celebraron una gran fiesta, con pastel, juegos y regalos, y Claudia se lo pasó muy bien en su papel de reina de la celebración. Sobre las nueve de la noche todos desfilaron para sus casas y se quedaron a cenar un par de amigos de la madre. Después de brindar con cava, mientras los grandes charlaban en el sofá, Claudia quiso tener un gesto de agradecimiento hacia su madre y le dijo que ella se encargaría de recoger la mesa. Su madre suspiró y echó una ojeada a la gran mesa en la que había tenido lugar la merienda de los niños y la posterior cena de los mayores. «Anda con cuidado, Claudia, que hay muchas cosas».

–No importa, mamá. Primero recogeré un poco la cocina y dejaré espacio para colocar todo lo que hay en la mesa.

Platos, vasos, copas, bandejas, botellas... La madre ya lo veía venir.

–No es necesario que lo hagas, Claudia. Puedes ir a leer un ratito a la cama, si quieres. Luis y Rosa me ayudarán antes de marcharse, cariño.

Pero la niña insistió

–No, no. No te preocupes. Tú charla y relájate, que yo me encargo de todo.

Los amigos de la madre intercambiaron una mirada cómplice, porque ya conocían el ajetreo habitual de la niña.

Al principio todo fue bien y Claudia recogió la cocina, y despejó la mesa y el mármol para colocar todo lo que había en el comedor. Su madre y sus amigos observaban, mientras charlaban, las idas y venidas de la niña, siempre cargada de platos, botellas y bandejas. Finalmente solo quedaban los vasos, y la verdad es que Claudia ya estaba algo harta de tanto trabajar. Pero había prometido que lo haría y lo tenía que cumplir. Para coger los vasos que habían quedado en el centro de aquella enorme mesa, se subió a una silla.

–Cuidado hija, que te caerás –la avisó su madre.

Claudia hizo un gesto negativo con la cabeza y fue acercando los vasos. Había un montón, como mínimo ocho o diez viajes a la cocina. Tuvo una idea. Después de echar una ojeada a los mayores, que charlaban y reían, decidió construir una torre de vasos para poder llevarlos a la cocina en solo dos o tres viajes. Y dicho y hecho, empezó a hacer una torre con los vasos, uno dentro del otro. Su madre y sus amigos debían de estar charlando sobre algo interesante y divertido, porque no paraban de reír, y parecía que se habían olvidado un poco de ella. «¿Y si pusiera un par de vasos más?», pensó, cuando la columna de vasos constaba ya de siete u ocho piezas. Echó una ojeada: nadie la miraba. Puso dos más, y tres más, y cuatro más. La columna de vidrio se iba haciendo gigantesca, y la madre y sus amigos no paraban de reír. «¿Y si los llevara todos en un solo viaje? ¡Me ahorraría un montón de trabajo!» Claudia ya estaba de puntillas sobre la silla para colocar el último vaso de la columna, y estaba entusiasmada con el efecto que causaba aquella construcción que había conseguido alzar. Ya no pensaba en el trabajo, ni siquiera en el sentido de haber apilado los vasos: delante de la torre de vidrio, Claudia olvidó la función que tenía y solo se quedó deslumbrada por la arquitectura de mecano transparente que se erigía sobre la mesa como si fuera un rascacielos altísimo. «Es fantástico –pensó–. ¡Lo he construido yo sola!» Los mayores aún se distraían. «Ahora toca llevarlos a la cocina», se dijo Claudia cuando bajó de su nube de constructora y volvió a poner los pies en el suelo. ¿Pero cómo podría mantener en equilibrio aquella torre? ¿Y si se torcía por el camino? De repente tuvo una idea. Comprobó que los vasos estaban bien encajados los unos con los otros. «Y si...»

El pasmo de los amigos de la madre los dejó momentáneamente clavados en el sofá y el grito que lanzaron asustó tanto a la anfitriona, que estaba distraída de espaldas a su hija, que un poco más y se le sale el corazón por la boca. Luis y Rosa presenciaron, incrédulos, cómo Claudia pretendía bajar de la silla llevando una columna de vasos de casi metro y medio... y ¡cogidos por el último! ¡Por el de arriba! Impresionados y con un grito helado en la boca, observaron cómo la niña bajaba de la silla sosteniendo aquella columna frágil por el vaso de encima. Una columna de vidrio que flotaba en el aire sin deshacerse, un poco inclinada como la torre de Pisa, pero al revés. Los tres adultos se levantaron del sofá a la vez y se lanzaron desesperados bajo la columna para evitar el destrozo de todos aquellos vasos.

Milagrosamente no se rompió ni uno. Los vasos debían de estar muy bien encajados, porque la columna, a pesar de haber recorrido un metro de distancia flotando a cinco centímetros del suelo, no se desmontó. ¡Estuvieron a tiempo de evitar el desastre!

Castigada tres días sin tele. Y todo por haber ayudado a recoger la mesa. No era justo, pensaba la niña. Ya se veía esa noche en casa, cenando sola, sin tele ni música. Seguro que la niña de la excursión tenía mejor suerte. El metro llegó, y tanto Claudia y su madre como los excursionistas subieron al vagón. Las puertas se cerraron y el metro inició la marcha.

–¿Me perdonas por la torre de vasos, mamá? –preguntó Clàudia.

–¿Perdonarte? ¡Qué dices! ¡Con el susto que me has dado! Tienes que aprender a hacer bien las cosas. ¡Y no me vengas con lo del «llamamiento de la selva», porque recibirás un cachete! ¡Dónde se ha visto una montaña de vasos como aquélla! ¡Y aguantarla por el de encima...!

Claudia estuvo de morros y permaneció callada todo el trayecto. Cuando llegaron a la parada donde tenían que bajar, madre e hija salieron del vagón y caminaron por el andén. A Claudia le gustaba mucho viajar en metro, pero su madre no la dejaba ir sola. En la salida, delante de los expendedores automáticos de billetes, unos niños echaron a correr y saltaron las barreras metálicas para colarse sin pagar. La vendedora de billetes salió de la cabina acristalada y les llamó la atención. Claudia se quedó impresionada ante la agilidad de los niños para saltar las barreras, y del poco caso que hicieron a la mujer que les amonestaba furiosa. «¡Este es un servicio público! ¡Tiene que pagar todo el mundo! –gritaba– ¡Volved aquí! ¡Avisaré a los de seguridad!» La gente que en aquel momento entraba o salía del metro, como Claudia y su madre, se detuvo y contemplaba atónita la escena. Los niños echaron a correr hacia el andén y la mujer no los siguió para no dejar la taquilla sola.

–Eso está mal –advirtió la madre a Claudia–. Así se empiezan a formar los futuros delincuentes. Si los padres tuvieran un poco más de cuidado con sus hijos...

Mientras la madre refunfuñaba, Claudia siguió con los ojos a los niños que corrían hasta que desaparecieron.

La vida con letra de tango

Los chicos del grupo, al llegar al andén y haber superado las barreras y los gritos de la trabajadora, se echaron a reír y, con los brazos alzados, chocaron las manos los unos con los otros para felicitarse, como hacen los miembros de un equipo de fútbol o de baloncesto después de marcar un gol o encestar una pelota. Eran cuatro y formaban una especie de banda, por lo menos ellos así lo sentían, se hacían llamar «los Mixties». No eran buenos estudiantes: suspendían la mayoría de créditos de segundo de Secundaria en el instituto en el que estudiaban, no mostraban interés por los trabajos propuestos, se escapaban a la hora del recreo, hacían enfadar a los profes, no hacían deberes, no llevaban material, no eran solidarios con los compañeros... ¡Menuda banda! Compartían otra característica: no tenían a nadie que los controlara. En sus casas no había nadie cuando salían del instituto, nadie los había apuntado a actividades extraescolares, nadie les mandaba hacer los deberes, nadie les penalizaba con castigos ni les recompensaba con premios. Los padres y madres de los cuatro llegaban tarde a casa, sobre las diez de la noche. Cuando llegaban, y mientras preparaban algo para cenar, preguntaban a sus hijos cómo les había ido el día y si ya habían hecho los deberes. Ellos contestaban, invariablemente, que el día había ido bien y que habían hecho los deberes. «¿Y has estado viendo la tele mucho rato?», preguntaban, y ellos respondían que «no, mamá» o «no, papá, solo un rato, cuando he terminado los deberes». En realidad habían llegado a casa sobre las nueve o las nueve y cuarto, y antes de quitarse el anorak habían encendido el televisor y habían procurado apagarlo cinco minutos antes de que llegaran los padres o madres respectivos. Los Mixties tenían fama de ser unos incontrolados, de vagar por las calles de la ciudad hasta muy tarde, de colarse en el metro sin pagar. Y todo eso era cierto. «Los Mixties –así lo anunciaban ellos– somos auténticos, y todo lo que se explica sobre nosotros es cierto. Estamos orgullosos de ser como somos y de hacer lo que hacemos.» Para mucha gente, los Mixties estaban orgullosos de tirar su vida y su futuro por la borda.

Se llamaban Carles, Pau, Jose y Dolfo. Los tres primeros eran catalanes, y el último venía de Argentina. Hacía tan solo dos años que había llegado con sus padres desde Buenos Aires. Su padre siempre decía que había tenido buena intuición: la situación en Argentina iba de mal a peor, y él había reaccionado a tiempo. «Ahora hay muchos allí –decía– que se arrepienten de no haberme hecho caso.» Habían llegado con unos ahorros, habían alquilado un piso barato en un barrio poco céntrico y se habían dedicado, tanto el padre como la madre de Dolfo, a buscar trabajo. Cuando lo encontraron, cambiaron de piso y de barrio, y ahora las cosas les iban bastante bien, aunque tenían que trabajar muchas horas. De vez en cuando recibían visitas de argentinos recién llegados, a quienes invitaban a beber un mate mientras les explicaban cómo se habían organizado para establecerse en la ciudad. Los padres de Dolfo eran admirados por los recién llegados, muchos de los cuales llegaban con una mano delante y otra detrás, y se veían obligados a buscar trabajos por debajo del nivel laboral adquirido en Buenos Aires: médicos que ejercían de conserjes, empresarios que trabajaban asalariados, profesores que cargaban cajas o servían pizzas...

Los padres de Dolfo eran conscientes de los problemas de su hijo y pensaban que podrían hacerse cargo de él cuando consiguieran cambiar los horarios y normalizar la situación laboral. «Todo a su debido tiempo –se decían–. No se puede estar por todo». Mientras tanto, Dolfo vivía como quería y formaba parte de la banda de los incorregibles Mixties del instituto.

Se habían colado en el metro para ir a visitar a las alumnas de bachillerato nocturno de un IES[7] que estaba en el barrio alto. Las conocieron un sábado (los padres de Dolfo y los de los otros tres también trabajaban el sábado) y a menudo las visitaban por la noche. Ellas, las chicas de

_____

7. Instituto de Enseñanza de Secundaria.

bachillerato nocturno, hacían novillos para poder charlar un rato con los Mixties, que a pesar de ser un año más jóvenes que ellas (los Mixties habían repetido como mínimo un curso) los encontraban muy divertidos y experimentados.

Dolfo, mientras viajaba en metro, pensaba en Silvia, la chica que más le gustaba del IES al que se dirigían. Y si le gustaba tanto era porque le recordaba mucho a otra chica, a su ex novia, a la que había dejado en Buenos Aires. Y lo habían tenido que dejar a la fuerza: ¿Cómo podían mantener una relación si les separaban quince mil kilómetros y un océano? Margarita, por muy mal que le supiera, no tenía duda alguna sobre la imposibilidad de continuar siendo pareja, y los dos niños hablaron largo y tendido los días previos al viaje a Europa que se disponía a hacer la familia de Dolfo. Quedaban en una cafetería próxima a la escuela donde estudiaban y se sentaban al fondo del local, solos y en penumbra, como si fueran dos adultos que se escondieran de alguna trampa, cuando en realidad eran solo dos niños. Dejaban la bolsa a los pies de la silla, pedían un refresco y se acariciaban las manos por encima de la mesa. Dolfo estaba cada vez más nervioso por la proximidad del viaje y por todo lo que le explicaban sus padres y los argentinos establecidos en Europa que llamaban, ahora más que nunca, para dar consejos, para informar sobre direcciones y animarlos. Todo junto significaba un trastorno que ponía nervioso al chico todo el día, aunque no podía olvidar la historia de amor que vivían Marga y él. Ella era consciente del nerviosismo de Dolfo, y en casa, cuando se encerraba sola en su habitación y lloraba, se decía que probablemente se sentiría igual si fuera su familia la que se dispusiera a dejar el país. Pero en la cafetería, mientras escuchaba cómo Dolfo explicaba los preparativos, le amenazaba una rabia incontrolable y le entraban ganas de levantarse de la silla y dejarlo allí plantado, con sus emociones y sus aventuras soñadas. España estaba muy lejos y Barcelona estaba justo en la otra punta de España. El océano Atlántico representaba una inmensidad, una largura infinita y la incapacidad de soportar un amor tan frágil. Ballenas, tiburones, mares de coral, los restos del *Titanic*... Marga se imaginaba todo lo que contenía el océano y que la separaba de Dolfo.

–Si la cosa no funciona –le dijo Marga uno de los últimos días–, papá dice que también nos tendremos que ir.

Dolfo se alegró muchísimo de oír aquello.

–¿Vendríais a Europa?

–Sí. Papá dice que es la única salida si se hunde el país.

Para los dos niños, los problemas económicos de Argentina dejaron de ser un tema de conversación de los mayores o unos titulares de los periódicos y las tertulias de la radio, para pasar a formar parte de su propia experiencia personal. El día que llegó su madre diciendo que no podía sacar dinero de la cuenta corriente del banco; el día que su padre llegó explicando que habían despedido a doce compañeros de trabajo, y que a ver si el próximo sería él; el día que acompañó a su madre a casa de una amiga para conseguir productos que ya no vendían en los supermercados ni en las tiendas... «Ese es el desastre económico», pensó Dolfo.

Y enseguida se precipitaron los acontecimientos que habían llevado a la familia a convertirse en unos emigrantes. Sentados en la cafetería, Marga acariciaba los dedos de la mano de Dolfo y pensaba que ellos no tenían la culpa de lo que estaba ocurriendo, pero que aun así les tocaba vivirlo en su propia piel. El mundo era injusto, y lo peor era que no lo podían arreglar de modo alguno. «Es necesario mirar hacia adelante y plantarle cara a la situación», decía su padre, y ella intentaba plantar cara a la huida precipitada de la familia de Dolfo y a la realidad punzante y triste de no poder verle más.

—Te olvidarás de mí —le dijo un día—. Conocerás a otras chicas en el colegio de Barcelona. No me escribirás más.

—Nos conectaremos a Internet en cuanto podamos —la tranquilizaba—. Papá comprará un ordenador y hablaremos cada día, de verdad te lo digo. Y no pienso olvidarme de ti ni un solo día, ¿me oyes?

Alguien que observara la escena y escuchara la conversación de aquellos dos niños podría hacerse una idea de lo que la madre le explicó a Marga para consolarla, un día que se la encontró llorando en su habitación.

—Os ha tocado vivir una época difícil, cariño mío. Porque tenéis justo la edad de convertiros en hombres y mujeres; la edad de ser conscientes de la realidad y de la sociedad de que formáis parte. Y resulta que descubrís que todo se hunde, que todo es una estafa, que nada se aguanta. La realidad es una farsa, quiero decir la realidad de Argentina. Os descubrís a vosotros mismos como personas autónomas y la situación que vivís os hace dudar de vuestra independencia, de vuestra autosuficiencia. ¿Cómo puede una persona que se está formando encontrar el equilibrio si todo lo que hay a su alrededor se resquebraja?

Alguien que observara a aquellos dos chavales en la cafetería, las manos entrelazadas y los ojos llorosos como si fueran dos adultos desengañados, los utilizaría como metáfora de la situación que vivía el país.

La última tarde en la cafetería fue tristísima. Marga no podía dejar de llorar y le reprochaba a Dolfo su desgracia. El chaval tardó casi una hora en calmarla y pensó que sería mejor que aquella fuera la última cita.

Pero Marga convocó otra más. Le envió un mensaje al móvil. Era el día que se iba, un día de escuela normal, y Marga estaba dispuesta a hacer pellas, incluso a saltarse un examen, para verlo por última vez en la cafetería. El avión salía a las siete de la tarde, y a las doce y media Marga ocupaba la mesa de siempre al fondo del local. Esperó mucho rato. Lloró desconsolada e incluso el camarero se acercó a hacerle compañía, porque no sabía qué hacer con aquella niña que lloraba a lágrima viva. Cuando el hombre supo la historia y todo lo que había pasado durante el último encuentro, aconsejó a Marga que volviera a la escuela o a casa, o donde fuera, porque el chico no volvería más.

–Muchos hombres somos incapaces de presenciar cómo se parte el corazón en mil pedazos –dijo el camarero, y Marga pensó que aquello parecía la letra de un tango.

Antes de salir del local, cuando ya se había cargado la mochila a la espalda, recibió un mensaje al móvil. «Te quiero», decía, y ya está.

Los amigos argentinos de Barcelona ayudaron a la familia todo lo que pudieron, pero enseguida tanto los padres como Dolfo comprobaron que la nueva vida que empezaba sería diferente de la que habían vivido en Buenos Aires: el piso de alquiler era más pequeño y no era céntrico, el nivel de vida que podían llevar era inferior. Problemas de trabajo, problemas para comprar un coche de segunda mano... Dolfo también experimentó la añoranza, no solo de Marga, sino también de sus abuelos y primos. En la escuela se encontró con el problema añadido de la lengua oficial de Cataluña, que tuvo que aprender. Entre una cosa y otra, el chico se preguntaba a menudo si los padres no se habrían equivocado al tomar la decisión de marcharse.

Pero ahora tenía a los Mixties. Ahora todo se iba normalizando. Ahora su corazón lo ocupaba la chica del IES a quien iban a visitar de vez en cuando en metro, un metro lleno de gente que volvía a casa. Gente de su edad que salía de las actividades extraescolares o que venía de hacer deporte. Jóvenes que seguramente llegarían a casa y harían los deberes que él no hacía, que estudiarían para los exámenes que él dejaba en blanco, que explicarían en casa cómo les había ido el día. Cuando los padres de Dolfo llegaban estaban tan cansados que casi no se hablaban: se sentaban delante de la tele, comían cualquier cosa fría y se iban a dormir. Con los Mixties sí podía charlar con total libertad sobre sus problemas y sus ilusiones. Mientras se

dirigían en el vagón hacia el IES, les explicaba la conversación que había mantenido ese día con la tutora a la hora de recreo, cuando ésta le había informado que llamaría a sus padres para concertar una entrevista. No iba bien en los estudios, había suspendido casi todos los créditos y había dejado dos exámenes en blanco. «Tus padres tienen que reaccionar, chico –le había dicho la tutora– y alguna cosa se tendrá que hacer para intentar recuperar el curso.» Él lo había escuchado cabizbajo, incapaz de alegar algo, resignado a la bronca de la tutora y a la posterior bronca de sus padres.

–¡Pasa de todo, tío! –le aconsejó Jose.

Dolfo sabía que «pasar de todo» era una solución para no angustiarse, pero no era la solución. ¿Qué podía hacer? Pues nada, pensó. Esperar. Esperar a que la situación se normalizara, esperar a que los padres reaccionaran, que él mismo reaccionara. Esperar a que la nueva vida se estableciera de una vez y él mismo asumiera que el tren del futuro pasa deprisa y no se detiene mucho tiempo en cada estación. «Si no subes ahora al tren, Dolfo –le había dicho la tutora –te quedarás solo en el andén. Y tendrás que subir más tarde en un tren de esos lentos, de cercanías, que no llegan nunca, mientras tus compañeros de clase avanzan, bien sentados, en uno de alta velocidad». «¡El tren!», se dijo. Su tren anfibio que había atravesado un océano extensísimo y lo había llevado hasta un nuevo país que le ponía muchos obstáculos a la hora de acogerlo.

Los Mixties habían conseguido sentarse. En una parada entró una mujer mayor, que para andar necesitaba la ayuda de un bastón, cargada con bolsas de plástico. La mujer buscó un asiento libre, pero no encontró ninguno. Se acercó al lugar que ocupaban los jóvenes y les pidió si la dejarían sentarse. Tres de los chicos desviaron la mirada hacia la ventana e hicieron ver que no la oían, aunque se les escapaba la risa. La mujer no se atrevió a insistir y se quedó de pie, cogida de la barra metálica, con las bolsas de plástico a sus pies. Uno de ellos, sin embargo, suspiró y se incorporó de un salto.

–Siéntese, señora –dijo.

La mujer le dio las gracias. Los otros tres se partían de la risa. Ahora sí, sin esconderse. Dolfo se sentía incómodo, pero en el fondo sabía que había obrado correctamente. Se quedó de pie cogido de la barra, pero la risa de sus compañeros le avergonzó de tal manera que buscó refugio en la plataforma de entrada, donde no había asientos.

Marcel, que estaba de pie allí mismo, había contemplado la escena desde que la mujer había subido al vagón. Ahora tenía ante sí al único chico que había dejado sentarse a la mujer y observaba su incomodidad ante la reacción de sus compañeros. Marcel no era ajeno a la perplejidad de la mujer, que se sentaba, ahora sí, pero agobiada por la risa de los rufianes que se reían de su compañero.

El chico que se había levantado miraba hacia el suelo, no osaba alzar la vista. Marcel se construyó una historia, como hacía siempre que veía a alguien en el metro que le llamaba la atención. Pensó que se trataba de un grupo de niños difíciles, críos que no estudiaban, que se reían de todo y de todos. Pero uno de ellos, el que tenía ahora enfrente mirándose la punta de las zapatillas, todavía tenía capacidad de reacción, aún estaba a tiempo de enderezar el camino que de momento avanzaba plagado de curvas y obstáculos. «Este niño no es como los otros –se dijo Marcel–. Va con ellos para no estar solo, para sentir que forma parte de un grupo, quizá porque no tiene a nadie en casa. Pero él lo conseguirá. Él aprenderá que la convivencia es necesaria en una sociedad como la nuestra. Él tiene buen corazón, aunque haga tantas o más gamberradas que los demás, por muy rey de las tonterías que se crea». Los demás seguían riendo y comentaban en voz alta, y sin cortarse ni un pelo, la buena actitud de Dolfo (Marcel entendió «Dolfo», pero quizás habían dicho «Adolfo»); se cachondeaban diciendo que era un buen muchacho y un buen cristiano, porque hacía favores a las personas mayores y que cuando muriera iría directo al cielo. La señora mayor los miraba entre indignada y decepcionada, porque no podía entender el comportamiento mezquino de aquel grupo de sinvergüenzas. El tal Dolfo también lo oía todo, y finalmente optó por sacar un mp3 de la bolsa y encasquetarse los auriculares. Marcel pensó que el chico obraba correctamente y que, con el gesto de ponerse a escuchar música, les estaba diciendo a sus colegas que no le interesaban sus comentarios ni su actitud.

Se aislaba con la música; estaba seguro y convencido de lo que había hecho. Quería estar solo, sin los demás, sin formar parte de los otros, pensó Marcel. En la parada siguiente, los tres chavales se levantaron de los asientos, se dirigieron hacia la plataforma donde estaba Dolfo escuchando música, y le dieron un pescozón amistoso.

«¡Que ya hemos llegado, angelito!», le dijeron, y se echaron a reír. Entonces Dolfo también rió. «Déjame en paz, capullo», le dijo a uno que le daba empujones mientras se quitaba los auriculares, y los cuatro bajaron disparados del vagón cuando se abrieron las puertas.

Marcel salía de clase de inglés. Para volver a casa tenía que ir en metro, que era un medio de transporte que le gustaba mucho porque veía a mucha gente diferente y podía jugar a aquello que hacía desde pequeño: imaginar las vidas de todos los viajeros. Era inevitable. Subía al metro, y si veía a alguien que le llamaba la atención, empezaba a fantasear con su historia. Se imaginaba de dónde venía y qué hacía en Barcelona. Adivinaba qué carácter tenía, si era simpático o antipático, generoso o tacaño, listo o con poco coco. Imaginaba dónde iba, quiénes eran sus acompañantes, qué relación tenían unos con otros. Se inventaba qué pensaban, como si los pensamientos de todos aquellos desconocidos fueran libros abiertos que él podía leer. La visión de toda la gente duraba tan solo unos minutos, el rato del trayecto, pero durante aquellos minutos Marcel imaginaba toda una vida. Eso le estimulaba y le mantenía entretenido mientras iba para casa. A veces su mirada coincidía con la de alguien más que también le observaba fijamente, y entonces pensaba que esa otra persona jugaba al mismo juego que él, o sea, a adivinar las vidas de la gente, y no le quedaba más remedio que bajar la mirada y dejar de observar un rato, porque, en el fondo, a él le daba vergüenza que alguien imaginara cómo era la suya.

Y justo en aquel instante vio entrar en el vagón a un personaje que le resultaba conocido. Se trataba de un crío pequeño, mal vestido y mal calzado, y enseguida lo recordó: era el niño pordiosero que había subido al metro unas horas antes, cuando él iba hacia clase de inglés. Marcel se había fijado en él y había imaginado su historia. «¡Qué casualidad!», pensó. En el fondo sintió una pena enorme, porque seguramente el crío no había salido del metro desde que se habían visto por primera vez, y eso quería decir que mientras él había llegado a la academia de idiomas y había recibido dos horas de clase, el crío había estado recorriendo las líneas del metro pidiendo dinero a la gente. «Yo he estado aprendiendo cosas, charlando con los compañeros, riéndome con las bromas de la profesora, viendo un vídeo..., y él, que es más pequeño y va peor vestido y debe de tener más hambre que yo, no ha parado de «trabajar», entre comillas, para conseguir unos cuantos euros que llevar a casa. La vida no es justa», pensó Marcel.

El crío había esperado que el convoy iniciara la marcha para recorrer el vagón de punta a punta, sin decir nada, solo mirando a la gente con una sonrisa limpia y mostrando el envase de poliuretano de hamburguesería donde hacía tintinear unas cuantas monedas. Poca gente le daba algo, la verdad, pero el crío parecía no cansarse de sonreír, como si estuviera realizando un trabajo agradecido y se lo pasara bien. Marcel contraponía su expresión radiante y fresca a la de las personas que viajaban en el mismo vagón. Seguramente debía de ser gente con más dinero, con trabajo y estudios, con casa y comodidades, pero a pesar de todo adoptaban un ademán ceñudo y cansado. ¡Parecía contradictorio, pero era real! ¡La gente ponía mala cara y el crío parecía pasárselo en grande!

Cuando hubo atravesado todo el vagón, se quedó de pie en la plataforma, delante de Marcel. Cruzaron las miradas. Entonces el niño le alargó el envase de las monedas y lo sacudió. Marcel sonrió y decidió que el crío se merecía un premio por su talante y su actitud ante la vida. Se metió la mano en el bolsillo de los pantalones, sacó la cartera y buscó una moneda de un euro. Cuando la tuvo, la dejó caer dentro del envase, y el crío se lo agradeció con una sonrisa de oreja a oreja. Los dos estaban contentos y los dos continuaron mirándose el uno al otro. El niño pordiosero no bajó cuando el convoy se detuvo, quizás porque ya estaba cansado de ir de vagón en vagón pidiendo monedas. Marcel, que era un joven tímido y más bien introvertido, sintió la imperiosa necesidad de hablar con el niño. «Debe de ser extranjero, y seguramente no me entenderá», pensó antes de atreverse a abrir la boca. Pero aun así se animó.

–¿De dónde eres?

El crío arqueó las cejas, aparentemente impresionado de que alguien le dirigiera la palabra en el metro. Hizo una mueca, y resopló, cómo diciendo: «¡De muy lejos... Es una larga historia!» Marcel rió ante aquella expresión de payaso. «Este niño debe de ser muy espabilado», se dijo y recordó que ya lo había pensado la primera vez que lo había visto.

–Debes de estar harto de andar pidiendo por el metro, ¿verdad?

El niño puso los ojos en blanco y suspiró, como si estuviera asqueado y muerto de cansancio. Marcel rió otra vez: ¡Aquel crío era un buen mimo!

«No debe de hablar catalán ni castellano, pero debe entenderme perfectamente y responde con gestos y muecas».

–Te he visto hace un par de horas. Aquí, quiero decir, en el metro. ¡Por eso creo que debes de estar agotado!

El crío asintió con la cabeza, moviéndola poco a poco y abriendo los ojos como platos. Marcel no podía parar de reír. Se dio cuenta de que la próxima parada era la suya.

–Tengo que bajar aquí. Me llamo Marcel. Encantado de conocerte –le dijo, y le alargó la mano.

El crío miró el plano de las paradas que había sobre la puerta, hizo un gesto con la mano informando de que él también bajaba en la próxima, y encajó la mano que le ofreció Marcel. «Tier», o alguna cosa así, dijo. Los dos sonrieron con las manos apretadas. El vagón se detuvo, se abrieron las puertas y bajaron. El andén estaba prácticamente vacío: cuanto más tarde, menos gente viajaba en metro. Marcel y el crío se miraron, arquearon las cejas y encogieron los hombros cómo diciendo: «¡Bueno, y qué vamos a hacer! ¡Nos tenemos que separar justo cuando nos acabamos de presentar!», y cuando Marcel ya se encaminaba hacia la salida, el crío empezó a hablar.

–¡Me ha tocado una vida dura! ¡Pero qué le vamos a hacer! ¡Tenemos que bailar al son que nos toca!

Dijo eso y alzó los brazos en señal de resignación. Marcel se quedó estupefacto por cómo se expresaba el crío. Tier, dándose cuenta de la impresión que había causado en su interlocutor, hizo una mueca graciosa de autosuficiencia, como si estuviera acostumbrado a sorprender a los desconocidos.

–¡Si hablas bien! ¿De dónde eres? –preguntó Marcel.

–¡Es muy largo para explicarlo en un minuto! –exclamó Tier–. ¡Eso de resumir una vida no se me da muy bien! ¡Pero ya he aprendido que aquí, en Europa, el tiempo es oro!

Marcel se echó a reír.

–¿Tienes padres? ¿Vives solo? ¿Dónde vives?

Tier le tiró del brazo y lo llevó hacia un banco del andén.

–¿Tienes cinco minutos? –le preguntó.

Marcel miró el reloj y asintió. De modo que se sentaron uno junto al otro.

–Vengo de un pueblo muy lejano. ¿Un pueblo de qué país?, te debes preguntar. Pues de Albania. ¿Sabes dónde está Albania?

–Sí. Más o menos.

–Pues soy albanés. Un poco italiano, un poco catalán pero sobre todo albanés. ¿Que si tengo familia? Bueno, la historia es un poco larga, pero te puedo esbozar algo. Mi padre era campesino y tenía animales. ¿Que cuántos tenía? Pues pocos, más bien pocos y extraños: una cerda, un gallo y una cabra...

Tier continuó hablando y gesticulando, consiguiendo impresionar y dejar boquiabierto a Marcel que, escuchándolo, dejó que pasaran los minutos del mismo modo que pasaban los vagones. La vida es larga y está llena de com-

partimentos, como un metro. Las vías forman verdaderos laberintos, a veces se juntan y otras se separan. Lo mismo sucede con las personas y sus vidas, y a veces se hacen realidad las cosas más inverosímiles y las historias más inventadas. Eso debía de estar pensando Marcel, que escuchaba fascinado lo que Tier le contaba, las palabras que conformaban el esqueleto de una historia que quizá antes, cuando le había visto pedir por el metro, él ya había inventado. Una historia que podía ser cierta o no; una conversación que podía tener futuras consecuencias en forma de nuevos encuentros o no; una coincidencia en el tiempo y en el espacio, en el banco de una estación de metro a más de veinte metros bajo tierra de una ciudad llamada Barcelona. Una historia explicada por alguien y escuchada por alguien más. Una experiencia vivida por alguien y relatada a alguien más. Un intercambio de emociones y de palabras. Una legión de glóbulos rojos de la sangre que recurre las arterias subterráneas de la ciudad en la que hemos decidido vivir.

Índice

Querido lector

Estos relatos que conforman las *Pequeñas historias del Globo* tratan de niños, niñas, chicos y chicas de tu edad. Pero ya has visto qué diferente puede ser la vida de personas de la misma edad, dependiendo del lugar donde te toca nacer y crecer. Con estas historias, el escritor y el dibujante han querido que pienses en lo que acabamos de exponer, el tema de la diferencia y de la diversidad entre los niños del mundo. Sabemos que serás capaz de identificarte con los protagonistas de los cuentos, aunque a la mayoría les haya tocado vivir experiencias dramáticas.

Nos gustaría que pidieras información a tus padres o a tus maestros sobre las situaciones de los países donde suceden las historias; qué persona o qué grupo de personas mandan, con qué recursos naturales cuentan, qué episodios de la historia han provocado que vivan en las condiciones expuestas en el relato. Pregúntales también cómo influye el turismo, o qué papel tienen las organizaciones humanitarias.

Por otra parte, el tema de las *Pequeñas historias subterráneas* es la inmigración. Sus protagonistas ya no están en su país sino en el nuestro. Hoy España es un país de acogida, pero hay que recordar que, en otras épocas, los españoles también se marchaban a buscar trabajo a países del norte de Europa. La convivencia entre los autóctonos y los recién llegados no siempre es fácil, y éste es un buen tema para debatir en el aula. Cuáles son los derechos y los deberes de los inmigrantes, por ejemplo. Cómo pueden mantener sus tradiciones y su religión en una sociedad que tiene unas costumbres y una mentalidad diferente. Qué estrategias podemos utilizar unos y otros para establecer la convivencia pacífica, cómoda y digna.

Tienes que ser consciente de que todos nacemos con los mismos derechos y, por circunstancias muy diversas, una gran parte de la población padece hambre, violencia o abusos. Todos somos iguales, sin distinción de razas ni sexos ni condición social. Solo pensando un poco y discutiendo sobre estas cuestiones con la gente y los amigos podemos conseguir que el mundo sea más justo para todos.

Àngel Burgas

Escribo para jóvenes y para adultos. Estoy licenciado en Bellas Artes y durante unos años compaginé la pintura con la literatura y la enseñanza. Viví dos años en Berlín, ciudad a la que vuelvo periódicamente. Mis historias suelen ocuparse de temas sociales como la inmigración, la diversidad y la justicia. Pertenezco al consejo de redacción de la revista sobre Literatura Infantil y Juvenil *Faristol* y me encargo, junto al ilustrador Ignasi Blanch, de la sección «Libro ilustrado» del suplemento de cultura del diario *AVUI*.

Ignasi Blanch

Licenciado en Bellas Artes por la Universidad de Barcelona, viví tres años en Berlín donde me especialicé en técnicas de impresión y grabado en el centro *Künstlerhaus Bethanien*. Coincidiendo con la caída del Muro de Berlín, fui escogido para participar en el proyecto internacional *East Side Gallery* sobre el muro.
Actualmente trabajo como ilustrador para editoriales diversas y también doy clases de ilustración para jóvenes que quieren ser ilustradores en el futuro.
Recientemente, y con cincuenta de mis alumnos, decoramos cuatro plantas de un hospital infantil en Barcelona para facilitar el proceso de hospitalización de los niños.

Bambú Grandes lectores

*Bergil, el caballero
perdido de Berlindon*
J. Carreras Guixé

Los hombres de Muchaca
Mariela Rodríguez

El laboratorio secreto
Lluís Prats y Enric Roig

Fuga de Proteo 100-D-22
Milagros Oya

Más allá de las tres dunas
Susana Fernández
Gabaldón

*Las catorce momias
de Bakrí*
Susana Fernández
Gabaldón

Semana Blanca
Natalia Freire

Fernando el Temerario
José Luis Velasco

Tom, piel de escarcha
Sally Prue

*El secreto del
doctor Givert*
Agustí Alcoberro

La tribu
Anne-Laure Bondoux

Otoño azul
José Ramón Ayllón

El enigma del Cid
Mª José Luis

Almogávar sin querer
Fernando Lalana,
Luis A. Puente

*Pequeñas historias
del Globo*
Àngel Burgas

*El misterio de la calle
de las Glicinas*
Núria Pradas

África en el corazón
M.ª Carmen de la Bandera

Sentir los colores
M.ª Carmen de la Bandera

Mande a su hijo a Marte
Fernando Lalana

*La pequeña coral de
la señorita Collignon*
Lluís Prats

*Luciérnagas en
el desierto*
Daniel SanMateo

Como un galgo
Roddy Doyle

Mi vida en el paraíso
M.ª Carmen de
la Bandera

Viajeros intrépidos
Montse Ganges e Imapla

Black Soul
Núria Pradas

Rebelión en Verne
Marisol Ortiz de Zárate

El pescador de esponjas
Susana Fernández

La fabuladora
Marisol Ortiz de Zárate

¡Buen camino, Jacobo!
Fernando Lalana